고요한 우연

ⓒ 2023 김수빈

1판 1쇄 2023년 2월 20일 | 1판 13쇄 2024년 12월 18일
글쓴이 김수빈 | 책임편집 곽수빈 | 편집 엄희정 원선화 이복희 | 디자인 장혜미
마케팅 정민호 서지화 한민아 이민경 왕지경 정유진 정경주 김수인 김혜원 김예진
브랜딩 함유지 함근아 박민재 김희숙 이송이 김하연 박다솔 조다현 배진성
저작권 박지영 형소진 최은진 오서영 | 제작 강신은 김동욱 이순호 | 제작처 영신사
펴낸곳 (주)문학동네 | 펴낸이 김소영 | 출판등록 1993년 10월 22일 제2003-000045호
주소 10881 경기도 파주시 회동길 210 | 전자우편 kids@munhak.com
홈페이지 www.munhak.com | 카페 cafe.naver.com/mhdn
북클럽 bookclubmunhak.com | 트위터 @kidsmunhak | 인스타그램 @kidsmunhak
대표전화 (031)955-8888 팩스 (031)955-8855
문의전화 (031)955-3576(마케팅) (02)3144-3242(편집)
ISBN 978-89-546-9115-4   03810

잘못된 책은 구입하신 서점에서 교환해 드립니다. 기타 교환 문의: (031)955-2661, 3580

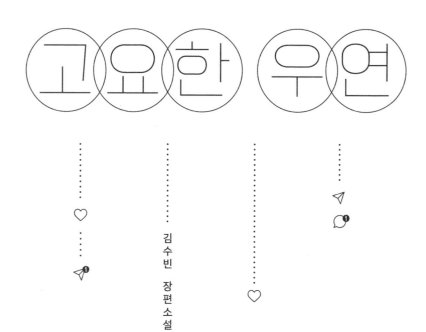

고요한 우연

김수빈 장편소설

문학동네

사건 발생 나흘 후

"이쪽으로 와서 앉을래?"

학생부장 선생님이 옅은 미소를 지으며 말했다. 옆에 앉은 담임 선생님도 나를 향해 고개를 가볍게 끄덕였다.

"괜찮아."

담임 선생님이 내 어깨를 토닥이며 일어서서 상담실의 문을 닫았다. 숨이 막힐 듯한 긴장감에 현기증이 날 지경이었다. 나는 제멋대로 뛰고 있는 가슴을 진정시키려 짧은 한숨을 내쉬었다. 담임 선생님이 사과주스의 뚜껑을 따서 내 앞에 놓아 주었다.

"긴장할 것 하나도 없어."

학생부장 선생님이 설문지를 내려놓으며 말했다. 평소와는 다른 부드러운 목소리에 아주 약간 마음이 차분해졌다.

"네가 설문지에 적은 내용에 대해서 몇 가지 궁금한 점이 있는데, 대답해 줄 수 있니?"

나는 가만히 고개를 끄덕였다.

"다른 아이들하고는 다르게 대답한 부분이 많아. 평소에 가까운 사이였던 것 같은데, 언제부터 친하게 지낸 거니?"

나를 바라보는 담임 선생님의 시선이 느껴졌다. 선생님 역시 궁금할 것이다. 그 아이를 알고 있는 모두가 그렇겠지만.

"그 애랑 많은 이야기를 나눈 것은 사실이지만, 가까운 사이는 아니었어요."

예상치 못한 대답이었는지, 학생부장 선생님의 눈썹이 위로 살짝 움직였다.

"그 애는 제가 누군지 모르니까요."

나는 테이블 아래로 손톱을 뜯으며 고개를 떨구었다. 부끄러운 짓을 하다 들킨 것처럼 얼굴이 화끈 달아올랐다.

"괜찮아."

담임 선생님이 내 쪽으로 몸을 기울이며 말했다.

"요즘 아이들이잖아요. 온라인상의 관계가 반드시 오프라인까지 이어지는 건 아니니까요."

"아, 그런가요?"

학생부장 선생님과 담임 선생님이 잠시 눈을 맞추었다. 무언가 의미가 담긴 눈빛 같았지만, 나로서는 그 뜻을 알기 어려웠다.

"그렇다면 네가 알고 있는 것 중의 일부는 사실이 아닐 수도 있겠구나."

"아니요, 그 애가 거짓말을 했다고 생각하지는 않아요."

나는 처음으로 학생부장 선생님의 얼굴을 똑바로 바라보았다.

"수현이 너는?"

"네?"

"너는 사실만 말했어?"

"그건……."

나는 아랫입술을 질끈 깨물었다.

"솔직하게 말하마."

학생부장 선생님이 자세를 고쳐 앉았다.

"조금 전에 연락이 왔는데, 상황이 좋지 않은 모양이야."

지난주 목요일 저녁, 그 애는 평소처럼 학원으로 향했다. 두 시간 내내 교실을 벗어나지 않았고 다음 주 수업 프린트물도 빼놓지 않고 챙겨 갔다. 밤 열 시경에 학원을 나온 그 애는 버스 정류장 방향으로 걸어갔다. 편의점 입구와 큰길 사거리에 있는 CCTV에 그 애의 행적이 고스란히 찍혀 있었다. 그러나 건물 사이로 난 지름길에 들어서는 뒷모습을 마지막으로 그 애는 흔적도 없이 사라졌다. 마치 증발이라도 해 버린 것처럼.

"문제는, 하필이면 그날 핸드폰을 집에 두고 갔다는 건데."

그 애의 핸드폰은 집 현관 신발장 위에서 발견되었다고 했다. 특별히 의심되는 부분도, 무언가를 지운 흔적도 전혀 없어서 일부러 놓고 간 것 같지는 않다고.

"지금까지의 정황을 보면 단순 가출보다는 사건 사고에 휘말렸을 가능성이 크다고 하는구나."

머릿속이 새하얘지는 기분이었다. 사건 사고라니. 그건 생각조차 해 본 적 없는 가능성이었다. 나는 당연히 그 애가 스스로 떠난 것이라고 생각했다. 뚜렷한 근거 하나 없이 내 멋대로 그런 결론을 내린 것이다.

"수현아."

학생부장 선생님이 내 설문지를 다시 한번 훑어보며 말했다.

"상황이 좋지 않다는 게 정확히 무슨 뜻이냐면⋯⋯."

나는 꼭 쥔 두 주먹에 힘을 준 채 선생님을 바라보았다.

"그 애의 안전을 확신할 수 없다는 뜻이야."

학생부장 선생님이 안경을 벗어 책상 위에 내려놓았다.

"지금까지 작은 단서 하나 찾지 못했다는구나. 그래서 이제 공개수사로⋯⋯."

"있어요, 단서!"

나는 자리에서 벌떡 일어섰다.

"오늘 새벽에 제가 보낸 메시지를 확인했거든요."

두 선생님이 깜짝 놀란 눈으로 나를 빤히 바라보았다.

모든 것이 시작된 밤

수평선 너머로 노을이 지고 있었다.

끝없이 펼쳐진 바다는 황금빛으로 반짝였고,

나는 한 발짝 뒤에서 그 애의 등을 보며 걷고 있었다.

하얗게 밀려든 파도가 내 발등 위로 부서졌다.

꾹 참고 있던 눈물이 쏟아졌다.

걸음을 멈춘 그 애가 뒤를 돌아보았다.

요란한 알람 소리에 미간이 절로 찌푸려졌다. 나는 머리맡을 더듬으며 핸드폰을 찾았다. 겨우 알람을 끄고 옆으로 돌아누운 순간, 눈가에 고여 있던 눈물이 주르륵 흘러내렸다.

고스란히 남아 있는 감정의 흔적에 가슴이 무너진 것처럼 뻐근했다. 꿈속에서 엉엉 울었던 것 같은데, 그 이유까지는 도무지 기억이 나질 않았다.

"어머나, 너 울었어?"

내 눈을 본 엄마가 깜짝 놀란 얼굴로 물었다.

"자다가 엄청 슬픈 꿈을 꿨나 봐. 베개까지 다 젖은 거 있지."

나는 어깨를 으쓱이며 냉장고에서 얼음을 꺼냈다.

"어떤 꿈?"

엄마가 비닐 팩에 얼음을 담아 주었다.

"그게, 기억이 안 나."

얼음주머니를 양쪽 눈두덩이에 대고 꾹꾹 눌렀다. 대체 뭐가 그렇게 슬펐을까. 아니, 슬펐던 건 맞나? 가슴이 막 터질 것 같았는데, 감정의 근원조차 생각이 나질 않았다.

"완전 망했어!"

거울을 본 순간 소리쳤다. 빨갛게 부어오른 눈두덩이가 마치 잘 익은 자두 두 알 같았다. 속쌍꺼풀이 완전히 사라져 버린 눈은 원래 크기의 절반도 되지 않았다.

호박을 썰던 엄마가 뒤를 힐끔 돌아보았다.

"조금 전보다 많이 가라앉았네."

"가라앉기는 뭐가! 눈도 제대로 안 떠지는데."

나는 아무 잘못도 없는 엄마를 향해 눈을 흘겼다. 엄마가 머쓱한 표정을 지으며 고개를 돌렸다. 엄마처럼 눈이 큰 사람들은 절대로 모를 거다. 머리카락보다 얇은 속쌍꺼풀 한 줄이 눈 크기에 얼마나 지대한 영향을 미치는지.

"망했어, 진짜 망했어."

내 눈은 도대체 누굴 닮아서 이 모양인지 모르겠다. 아빠는 펜으로 그려 놓은 것처럼 쌍꺼풀이 선명하고 엄마는 말할 것도 없었다. 또렷하고 시원한 눈매에 속눈썹은 인형처럼 길고 새카맣다. 그런데 내 눈은 아빠처럼 쌍꺼풀이 짙지도 않고 엄마처럼 크지도 않다. 그래서 친척 어른들이 나를 보면 항상 하시는 말씀이 있다. 수현이가 엄마 눈을 닮았으면 좋았을 텐데.

말끝에는 '지금도 충분히 예쁘지만'이 덧붙긴 하지만, 그건 그냥 하는 말이라는 것을 잘 알고 있다. 나는 전혀 예쁘지 않으니까. 조금 더 정확하게 말하자면 특징이 없는 얼굴이다. 눈도 그냥그냥, 코도 그냥그냥, 입도 그냥그냥. 처음 만나는 사람마다 어디서 본 것 같다고 말하는, 뒤돌아서면 잊어버리는, 색이 바랜 사진처럼 희미한 얼굴.

등교 준비를 하며 나는 한참을 거울 앞에 서 있었다. 오늘은 정말 못난이처럼 보였기 때문이다. 뷰러로 속눈썹을 바짝 올려 보았지만 큰 효과는 없었다. 머리를 묶었다가 풀기를 반복하다가 결국 반만 묶은 다음 파란색 리본을 꽂았다. 내가 가진 머리핀 중에서 가장 화려하고 눈에 띄는 핀이다.

"왜 이렇게 늦었어."

아파트 정문에서 기다리고 있던 지아가 장난스럽게 눈을 흘겼다. 우리 집에서 두 블록 떨어진 아파트에 사는 지아와는 중학교 때부터 매일 아침 함께 등교하고 있다. 그때는 내가 지아네 아파트 앞으로 갔는데, 고등학교에 들어와서는 반대로 바뀌었다.

"이것 때문에."

나는 손가락으로 눈을 가리켰다. 가만히 내 눈을 들여다보던 지아가 천천히 고개를 끄덕였다.

"쪼금 부었네."

"쪼오금? 지금은 많이 가라앉은 거야. 아침에 막 일어났을 때는 오늘 결석해야 하나 진심으로 고민했다니까."

"어젯밤에 감자칩 먹고 잤어?"

나는 고개를 가로저었다. 이상하게도 라면은 두 봉지를 먹고 자도 아무렇지 않은데, 야식으로 감자칩을 먹으면 얼굴이 정말 터질 것처럼 붓는다.

"꿈에서 울었던 것 같은데 깨 보니까 진짜로 울고 있었던 거 있지. 눈물이 줄줄 흘러내려서 베개까지 흠뻑 젖었다니까."

"왜 울었는데?"

"그게 기억이 날 듯 날 듯 안 나!"

나는 발을 동동 구르며 대답했다.

"우리 할머니가 우는 꿈은 길몽이라고 하시던데. 무슨 좋은 일이 있으려나?"

"진짜 그랬으면 좋겠다."

우리 학교 이름이 새겨진 스쿨버스가 정류장에 멈춰 섰다. 기다리고 있던 남자아이 둘이 차례로 버스에 올랐다. 나와 지아도 날씨가 좋지 않은 날에는 버스를 타지만, 요즘같이 선선한 바람이 부는 계절에는 지금처럼 눈앞에 버스가 멈춰 서도 타지 않는다. 학교까지 15분밖에 안 걸리기도 하고 우리 둘 다 걷는 걸 좋아하기 때문이다.

"안녕."

교실로 들어서자 문 앞에 모여 있던 아이들이 짧은 인사를 건넸다. 나는 핸드폰을 확인하는 척 고개를 살짝 숙이며 손짓으로 인사에 답했다. 그러고는 얼른 내 자리로 가서 가방을 내려놓았다.

"어?"

나와 눈이 마주친 정후가 눈썹을 가볍게 으쓱였다. 나는 황급히 얼굴을 돌렸다. 다른 사람은 몰라도 정후에게만큼은 정말 보여 주기 싫었는데…….

"그거."

정후가 눈짓으로 내 리본을 가리켰다. 역시, 너무 눈에 띄나 보다. 당장 빼 버려야지.

"잘 어울린다."

순간, 일시정지 버튼을 누른 것처럼 숨이 턱 막혔다. 내가 바보처럼 눈만 깜빡이고 있는 사이, 정후는 수하와 함께 복도로 나갔다.

나는 그제야 정신을 차리고 핸드폰을 꺼내 지아에게 메시지를 보냈다.

— 할머니 말씀이 맞았어.

교탁 바로 앞자리에 앉은 지아가 어리둥절한 표정으로 뒤를 돌아보았다.

— 방금 정후가 나한테 뭐라고 했는지 알아?

이렇게 기록으로 남겨 두지 않으면, 고작 다섯 글자로 이루어진 그 한마디가 가을바람에 휙 날아가 버릴 것만 같았다.

— 리본 잘 어울린대!!!!!!!

— 대박, 이수현 오늘 생일이네~

기분이 한껏 좋아진 나는 콧노래를 흥얼거리며 답장을 보냈다.

— 이따 집에 갈 때 내가 버블티 쏜다.

— 이수현 만세, 한정후도 만세!

지아가 나를 향해 엄지손가락을 치켜세웠다. 나는 전원을 끈 핸드폰을 서랍 속에 넣고 정후의 책상을 바라보았다.

정후의 자리는 1분단 다섯 번째 줄, 나는 2분단 맨 끝자리. 같은 줄에 나란히 앉는 것보다 지금처럼 한 칸 뒤에 앉는 쪽이 훨씬 좋았다. 일부러 바라보지 않아도, 정후의 옆얼굴이 항상 내 시야에 들어오니까.

나는 내가 사랑에 빠졌던 순간을 정확히 기억하고 있다. 말 그대로 첫눈에 반했기 때문이다. 입학식이 열렸던 3월의 대강당, 낯선 얼굴들 사이에서 별처럼 반짝이던 정후의 얼굴.

그날 아침부터 기분이 좋았다. 짙은 회색 교복이 생각보다 내게 잘 어울렸고 학교 앞에 도착할 때까지 단 한 번의 신호에도 걸리지 않았다. 게다가 지아와 같은 반이 되어서 얼마나 기뻤는지 모른다. 같은 중학교에서 온 아이들과 짧은 인사를 나누고 있는데, 얼굴이 갸름하고 눈썹이 짙은 남자아이가 내 옆을 지나갔다. 바로 그때 누군가 한정후, 라고 부르며 알은체를 했고 이름이 불린 그 애는 콧잔등을 찡그리며 장난스러운 미소를 지었다.

탁!

가슴 한가운데 화살을 맞은 사람은 나였는데, 정후의 왼쪽 뺨에 화살 자국 같은 보조개가 생겼다.

그때부터 강당 안의 모든 색깔이 사라지고 오직 정후만이 총천연색으로 빛났다. 정후가 1학년 9반 자리에 앉았을 때는 밤하늘의 모든 별이 내 품속으로 쏟아져 내리는 것 같았다. 나는 온 신경이 정후에게 쏠려서 입학식이 끝날 때까지 정후만 바라보았다.

비단 나뿐만이 아니라 모두가 정후를 좋아했다. 누나가 둘이나 있어서 그런지, 정후는 여자아이들을 스스럼없이 대했다. 이따금 가벼운 농담이나 장난을 걸 때도 있었지만 결코 선을 넘는 법이 없었다. 또래 남자애들보다 훨씬 어른스러웠고 무엇보다 다정했다. 눈에 띄지 않게 챙겨 주거나 미처 말하지 못한 부분을 먼저 배려해 줄 때가 많았다. 운동도 잘하고 공부도 곧잘 하는 정후는 남자아이들 사이에서도 인기가 좋아서, 지난 반장 선거에서는 스무 표가 넘는 몰표를 받았다. 그러니까 한정후는 1학년 9반의 아이돌 같은 존재였다.

어쩌면 내 마음은 동경에 가까운 건지도 모른다. 고백 같은 건 생각해 본 적도 없고 정후가 나를 좋아해 주길 바라지도 않는다. 만약 내가 공주님이 되길 꿈꾸는 일곱 살짜리 어린애였다면 일말의 기대 정도는 가졌을 수도 있다. 그러나 열일곱의 나는 그렇지 않다. 정후는 내가 손만 뻗으면 닿는 거리에 있지만, 우리는 서로 다른 세계에 살고 있다. 정후는 '모두의 한정후'이고 나는 그냥 1학년 9반 25번이니까.

이건 괜한 자기비하도 아니고 자존감 부족도 아니다. 나는 내가 조금 시시하고 재미없긴 하지만, 그렇게 나쁘지는 않다고 생각한다. 이제 더는 공주님이 되길 꿈꾸지 않는, 아주 보통의 고등학생일 뿐이다. 정후를 보면 가슴이 설레고 정후를 생각하면 웃음이 난다. 그거면 충분하다.

혹시나 이런 내 마음을 들켜도 '한정후를 싫어하는 애도 있어?'라는 말로 스리슬쩍 넘어갈 수도 있다. 그래도 정후에게 여자 친구가 생기면 조금 슬플 것 같긴 하다. 좋아하던 아이돌의 열애 소식에도 하루이틀 정도는 우울한 법이니까.

"……."

한순간에 교실의 온도가 바뀌었다. 굳이 고개를 돌려 확인해 보지 않아도 알 수 있다. 고요다. 고요가 온 것이다.

고요는 언제나처럼 무표정한 얼굴로 들어와 가방을 툭 내려놓았다. 허리까지 내려오는 긴 생머리와 약간 느슨하게 맨 넥타이, 그리고 왼쪽 손목에 찬 빨간 가죽 시계. 어쩌면 평범할 수 있는 그 모든 것들이 은고요를 만나면 한없이 특별해졌다.

아무도 고요에게 인사를 건네지 않지만, 모두가 고요를 의식하고 있다. 고요는 고고한 초승달 같은 존재였고 우리는 그런 고요를 바라볼 수밖에 없었다.

고요는 중학교 때부터 아주 유명한 아이였다. 나도 직접 만나 본 적은 없었지만, 고요의 이름과 얼굴 정도는 알고 있었다. 연예기획사 관계자들이 교문 앞에서 기다릴 만큼 예쁜 얼굴로 유명했고 전교 1등을 한 번도 놓친 적이 없을 만큼 똑똑했다. 그리고 무엇보다 온갖 소문들이 끊이지 않았다. 엄마가 새엄마라거나 사실은 숨겨진 아빠가 따로 있다거나 심지어 고요가 입양아라는 풍문이 돌기도 했다. 더 심각하게는 학교 선생님과 그렇고 그런 사이여서 성적이 좋은 거라는 차마 입에 담지 못할 이야기까지 떠돈 적도 있었다. 중학생 여자아이가 감당하기 쉽지 않은 추문이었지만 고요는 신경조차 쓰지 않았다고 한다.

소문이 많다는 것은 그만큼 많은 관심을 받고 있다는 뜻이기도 했다. 학기 초에는 고요와 친하게 지내고 싶어 하는 아이들이 많았다. 몇몇 여자아이들은 그런 마음을 숨기지 않고 드러냈는데, 고요는 그 애들의 호의를 완전히 무시했다. 말을 걸면 이어폰을 귀에 꽂았고 초콜릿이나 사탕 같은 간식거리를 책상 위에 올려 두면 쓰레기통에 버렸다. 혼자 있고 싶으면 적당히 거리를 두면 될 텐데, 굳이 반감을 사는 행동까지 하는 것이 신기했다.

어떻게 보면 그건 고요 같은 아이들이 가진 특권이라는 생각도 들었다. 그러니까 외국 드라마에 나오는 시니컬한 여자 주인공처럼 점심시간에 혼자 밥을 먹어도 초라함이나 쓸쓸함이 느껴지지 않는 아이들. 외로워 보이기는커녕 오히려 혼자인 모습이 더 특별하고 멋지게 보이는 아이들.

서랍 속을 뒤적이던 고요가 잠시 멈칫했다. 다 먹은 주스 팩과 과자 껍질이 고요의 손에 들려 있었다. 조용히 지켜보던 채희 무리가 쿡쿡 웃음을 터트렸다. 채희는 지난봄에 고요의 팔짱을 꼈다가 매몰차게 거절당한 적이 있었다. 새빨갛게 달아오른 얼굴로 고요를 노려보던 채희의 눈빛이 지금도 선명하게 떠오른다.

그날 이후로 채희는 소소하고 교묘하게 고요를 괴롭혔는데, 오늘처럼 서랍 속에 빈 과자 봉지를 넣어 놓거나 고요의 등 뒤에서 대놓고 빈정대는 식이었다. 모두가 들을 수 있을 만큼 큰 목소리였지만, 절대로 고요의 이름을 입에 올리지는 않았다. 주로 웹툰이나 영화 주인공 이야기를 하는 척 고요를 비꼬는 방법을 사용했다. 가끔은 조금 지나치다는 생각이 들 때도 있었지만 아무도 채희를 말리지 않았다. 사실, 말릴 명분이 없긴 했다. 채희가 드라마 이야기를 한 것뿐이라고 둘러대면 그만이었고 무엇보다 고요 본인이 전혀 신경 쓰지 않았기 때문이다.

고요는 정말로 아무렇지 않아 보였다. 채희 외에도 적의를 드러내는 아이들이 있었지만 고요는 따분한 표정을 지을 뿐이었다.

고요가 자리에서 일어나 쓰레기통 앞으로 갔다. 들고 있던 것들을 버리고는 두 손을 툭툭 털며 교실 밖으로 나갔다. 손을 씻으러 간 것 같았다. 고요의 뒷모습이 완전히 사라지자 채희가 깔깔 웃기 시작했다. 누구도 채희에게 뭐라고 하지 않는 또 하나의 이유는, 모두가 아주 조금씩은 채희의 마음을 이해하고 있기 때문일 것이다. 나 또한 아니라고는 할 수 없다. 하지만 이것이 채희의 상처받은 마음에 공감하는 것인지, 아니면 고요의 행동이 미움받을 만하다고 생각하는 것인지는 잘 모르겠다.

나는 고요의 빈자리를 가만히 바라보았다. 똑같이 생긴 책상과 의자인데도 고요의 것은 어딘가 다르게 보인다. 은고요. 어쩌면 이름까지 고요일까. 고요의 부모님은 고요가 태어나던 순간부터 알고 계셨을까. 고요가 이토록 특별한 아이가 되리라는 것을.

그냥 이수현도 아닌 '이수현B'가 익숙한 나는 전혀 고요하지 않은 고요의 삶이 궁금했다. 올해는 우리 반에 나와 같은 이름을 가진 아이가 없지만, 작년까지만 해도 한 명 이상씩은 꼭 있었다. 성별에 상관없이 너무나도 흔한 이름이었다. 그나마 성이라도 다르면 그냥 이수현으로 불렸지만, 성까지 같은 경우에는 여자 이수현 혹은 이수현B라고 불렸다.

어린 시절을 떠올려 보면 나와 아주 친했던 것 같은데 이름과 얼굴이 잘 기억나지 않는 아이들이 있고 반대로 인사 한번 제대로 나눠 본 적 없어도 아주 선명하게 떠오르는 아이들이 있다. 나는 아마도 지금껏 나를 스쳐 간 사람들에게 이미 절반쯤은 지워진 얼굴일 것이다. 흔하디흔한 이름이, 오히려 희미해진 기억에 약간의 덧칠을 해 줄 수는 있을 것 같다. 남자 이수현 이야기를 하다가 근데 여자 이수현도 있지 않았어? 혹은 이수현A를 생각하다가 그때 이수현B도 있었는데, 하는 식으로.

그게 섭섭하다거나 아쉽지는 않다. 나를 기억할 만한 사람들은 당연히 나를 기억해 줄 테니까. 그러나 고요는 다르다. 그 애는 거의 모두의 기억 속에 남을 것이다. 어쩌면 고요도 기억하지 못하는 고요의 모습까지도. 마냥 좋을 것 같지는 않았다. 특히나 지금의 고요를 보면.

고요는 아무도 다가오지 못하도록 자신의 주위에 높은 성벽을 세웠다. 그런데 그 벽이 오히려 아이들의 호기심을 자극했다. 그래서 자꾸만 벽을 향해 돌멩이를 던지고 그 너머를 보기 위해 애를 쓰는 건지도 몰랐다.

예비종이 울리자 정후가 자리에 앉았다. 교실 안을 둘러보던 정후의 시선이 고요의 빈자리에서 멈추었다. 잠시 고민하던 정후가 다시 일어서려는 순간, 고요가 교실로 들어왔다. 그러자 정후가 자세를 고쳐 앉으며 교과서를 꺼냈다.

고요가 여자아이들 사이에서 따돌림 아닌 따돌림을 받고 있다는 사실을 정후도 잘 알고 있었다. 그러나 정후 역시 그 애들을 어찌하지는 못했다. 다만 고요를 향한 수군거림이 심해지면 가벼운 장난을 걸어 그 애들의 관심을 자신에게로 돌렸고 체육 시간이나 조별 활동이 있을 때면 고요가 혼자 남지 않도록 최대한 배려했다. 처음에는 반장으로서의 책임감 때문이라고 생각했지만, 지금은 그게 다가 아닌 것 같기도 하다. 별다른 일이 없어도 정후는 순간순간 고요를 바라보니까.

솔직히 말해서 두 사람은 아주 잘 어울린다. 더 솔직히 말하면 차라리 고요였으면 좋겠다. 둘이 사귄다고 하면 진심으로 축하해 줄 수 있을 것 같은데, 좋아하는 여자애 있냐는 반 아이들의 질문에 매번 빙그레 미소만 짓는 정후였다.

나는 손거울을 꺼내 머리 위의 리본을 확인했다. 가격이 조금 비싸서 한참을 망설이다가 산 리본이었다. 그동안 왜 서랍 속에 넣어 두기만 했을까. 앞으로는 매일 꽂고 다녀야지.

담임 선생님의 인사와 함께 조례가 시작되었다. 나는 거울을 넣고 정후의 옆얼굴을 바라보았다. 나뭇잎 사이로 비치는 햇살처럼, 그저 바라만 보아도 기분이 좋아진다. 바람에 실려 온 꽃향기를 맡거나 보랏빛으로 물든 하늘을 보면 정후가 보고 싶어졌다. 아름다운 것을 보면 정후가 생각나고 정후를 보면 아름다운 것들이 떠올랐다.

너무 정후만 본 것 같아서, 나는 창밖을 보는 척 자연스럽게 시선을 옮겼다. 그러다 정후의 뒷자리에 앉은 이우연과 눈이 마주쳤다. 조금 전의 내 표정을 이우연에게 들킨 것만 같아서 가슴이 두근거렸다. 나는 서둘러 노트를 펴고 메모를 하는 척, 아무 의미 없는 글자들을 끄적였다. 어? 잠깐만.

나는 다시 고개를 돌려 이우연의 얼굴을 빤히 바라보았다. 내 시선을 느낀 이우연이 나를 힐끗 보고는 눈을 피했지만, 나는 한참이나 그 얼굴에서 눈을 뗄 수가 없었다.

그 애였다. 어젯밤 꿈속에서 나를 돌아보던 얼굴.

우연이었을까

"있잖아, 지아야."

나는 가볍게 말문을 열었다.

"전혀 생각지도 못했던 사람이 꿈에 나온 적 있어?"

"생각지도 못했던 사람? 연예인 포함해서?"

지아가 눈동자를 굴리며 기억을 더듬었다.

"누구든지."

"그렇다면 몇 번 있었지."

지아가 다 마신 우유 팩을 버스 정류장 쓰레기통에 넣으며 고개를 끄덕였다. 늦잠을 자는 바람에 아침도 제대로 먹지 못하고 나온 지아였다.

"기분이 어땠어?"

"글쎄, 좋아했던 사람이 이상하게 나와서 괜히 싫어진 적도 있었고 아무 생각도 없던 사람이 멋지게 나와서 없던 관심이 잠깐 생긴 적도 있었고."

"진짜? 꿈 하나 때문에 없던 마음이 생기기도 해?"

나는 눈을 동그랗게 뜨며 지아의 옆얼굴을 바라보았다.

"예전에 기억 안 나? 나 갑자기 유시하 좋아했던 거."

주로 어른스럽고 지적인 이미지의 배우들을 좋아하는 지아가 강아지처럼 웃는 얼굴이 귀여운 아이돌을 좋아했던 적이 있었다. 비록 아주 잠깐이긴 했지만.

"그때 한 일주일 좋아했었나? 근데 지금 봐도 싫진 않더라고."

진짜가 아닌 기억으로 어떤 사람에 대한 호감도가 달라질 수 있다는 게 신기했다.

"왜, 꿈에 누가 나왔어?"

"아니, 그런 건 아닌데."

나는 고개를 저으며 울리지도 않은 핸드폰을 확인했다. 이우연의 이름이 선뜻 입에서 나오지 않았기 때문이다. 차라리 연예인이었으면 아무렇지 않게 얘기했을 텐데.

어제 그 순간 이후로 온종일 왼쪽은 쳐다보지도 않았다. 아니, 쳐다볼 수가 없었다. 이우연과 눈이라도 마주치면 나도 모르게 비명을 지를 것 같았기 때문이다.

어째서 이우연이었을까. 나는 정말로 그 이유가 궁금했다. 지금껏 단 한 번도 그 애에 대해서 생각해 본 적 없었으니까. 심지어 그 애의 이름이 '우연'이 맞는지 출석부를 확인해 봤을 정도

다. 혹시라도 '우현'이나 '우영'일까 봐.

나중에는 그런 생각도 들었다. 그동안 의식하지는 못했지만, 정후를 바라보는 내 시야에 이우연의 모습도 함께 들어왔고 그 잔상이 꿈에 나온 것일 수도 있겠다는 생각. 꿈은 무의식의 반영이라는 말도 있으니까 전혀 근거가 없는 추측은 아닐 것이다. 만약 그렇다면 조금 섭섭하다. 이제껏 정후 꿈은 한 번도 꾼 적이 없는데.

"우산 안 가져왔지?"

나는 고개를 끄덕이며 하늘을 올려다보았다. 조금 전까지만 해도 구름 한 점 없던 하늘이 한순간에 잿빛으로 물들었다. 아침 일기예보에서는 정오쯤에나 소나기가 쏟아질 거라고 했는데.

"서두르자."

지아가 빠른 걸음으로 걷기 시작했다. 다행히 교실에 도착할 때까지 빗방울은 떨어지지 않았다. 나는 조금 어색한 동작으로 가방을 내려놓고 자리에 앉았다. 이우연은 핸드폰을 보고 있었다. 케이스를 끼우지 않은 은색 핸드폰이었다. 나는 그런 이우연을 힐끗힐끗 훔쳐보며 내 핸드폰을 꺼냈다. 그리고 우리 반 단체 채팅방에서 이우연의 프로필을 검색했다. 조금 시시하게도, 이우연은 프로필이나 배경 사진으로 아무것도 올려놓지 않았다.

"앗."

머리에 닿은 손길에 놀라 뒤를 돌아보았다.

"미안, 한쪽 끝이 꼬여 있어서."

정후가 내 리본을 가리키며 말했다.

"아, 고마워."

나는 서둘러 핸드폰을 책상 위로 덮었다. 하마터면 정후에게 들킬 뻔했다. 이우연이 아무런 사진도 설정해 두지 않아서 다행이었다. 정후가 내 핸드폰 화면을 봤다고 해도 그게 이우연의 프로필인 것까지는 알 수 없었을 것이다.

나는 두근거리는 가슴을 진정시키기 위해 숨을 가다듬었다. 내가 왜 이러는지 도무지 알 수가 없었다. 자꾸만 확인하고 싶은 마음이 들었다. 그게 무엇인지도 모르면서.

금방이라도 비가 쏟아질 것 같은 하늘이 나를 도와주었다. 나는 틈이 날 때마다 날씨를 확인하는 척 창밖을 바라보았다. 창밖을 보면 자연스럽게 이우연도 볼 수 있었기 때문이다.

이우연은 필기를 할 때 노트를 비스듬히 놓고 쓰는 습관이 있었다. 초록색 샤프 끝에 달린 공룡 캐릭터가 낯이 익다 했더니 예전에 지아가 쓰던 것과 색깔만 다른 샤프였다. 초록색을 좋아하는지 가방도 초록색이었다. 안경알 모서리에 생기는 굴곡을 보아 시력은 꽤 나쁜 것 같았다. 체격은 조금 마른 편이었고 오른쪽 눈 밑의 점 하나를 제외하면 피부가 아주 깨끗했다. 고작 반

나절 동안 이우연에 관한 정보들이 소나기처럼 쏟아져 내렸다. 반년이 넘도록 같은 교실에 있었는데, 마치 오늘 처음 만난 사이 같았다.

"이우연 말이야, 내 왼쪽 옆에 앉는 남자애."

나는 오이소박이를 지아의 식판 위로 덜어 주었다. 지아가 오이를 사각 깨물며 고개를 끄덕였다.

"우연이가 왜?"

지아가 예상보다 친숙하게 '우연이'라고 불러서 조금 놀라웠다.

"별건 아니고 아까 보니까 너랑 샤프가 똑같더라고. 그 조그만 공룡 달린 거 있잖아."

"아, 그거. 체육대회 상품이었잖아. 그게 보기보다 엄청 부드럽고 필기감이 좋거든. 샤프계의 숨은 명품이라니까."

"체육대회라니, 언제?"

깜짝 놀란 나는 젓가락질을 멈춘 채 지아를 바라보았다.

"2학년 때 우리 반이 3등 했었잖아. 노트 세 권이랑 같이 받은 거야. 아니다, 다섯 권이었나?"

지아가 고개를 갸웃거리며 말했다.

"그러니까 이우연이 우리랑 같은 중학교였다고?"

"몰랐어?"

"전혀!"

나는 중학교 2학년 때만 지아와 다른 반이었다.

"하긴, 같은 반을 한 적이 없으면 모를 수도 있지. 우연이가 그렇게 눈에 띄는 타입은 아니잖아."

나는 그리 멀지 않은 테이블에 있는 이우연을 힐끔 바라보았다. 우리 반 남자애들 몇 명과 함께 앉아 있던 이우연은 식사를 끝냈는지 자리에서 먼저 일어섰다. 그러고는 남아 있는 아이들에게 별다른 말이나 인사 없이 급식실을 나갔다.

"근데 그게 그렇게 놀랄 일이야?"

지아가 피식 웃음을 터트리며 물었다.

"아니, 3년 동안 같은 학교에 다니고도 전혀 몰랐다는 게 웃기잖아. 새로 생긴 학교라서 반도 몇 개 없었는데. 설마 초등학교도 같이 다니진 않았겠지?"

"글쎄, 거기까진 나도 잘 모르겠는데."

지아가 어깨를 가볍게 으쓱였다.

"어떤 애였어? 원래부터 조용했어?"

"그랬던 것 같아."

"지금이랑 비슷했나 보다."

2년 전, 수업이 끝나면 항상 2학년 3반 앞으로 갔다. 지아네 선생님은 종례를 길게 하는 편으로 유명해서 매일 짧게는 5분, 길어질 때는 15분 정도를 교실 앞에서 기다리곤 했다. 주로 핸드폰을 하면서 시간을 보냈지만, 가끔은 창문 너머로 교실을 둘러볼 때도 있었다. 그러다 낯익은 얼굴과 눈이 마주치면 짧은 눈인사를 나누었고 낯선 얼굴과 눈이 마주치면 황급히 고개를 돌렸다. 어쩌면 이우연은 생각보다 훨씬 오래전부터 내 무의식의 세계에 존재하고 있었는지도 모르겠다.

"아, 그림을 아주 잘 그렸어."

"그림?"

"그때 큰 미술대회에서 상도 받고 그랬어. 잠깐만, 리본 줄 엉켰다."

지아가 내 리본 줄을 풀어 주었다.

"줄이 너무 긴가? 자꾸 엉키네. 아침에도 한 번 정후가 풀어 줬거든."

나는 으스대는 표정으로 정후의 이름을 힘주어 말했다. 그러다 결국 웃음이 터져서 지아와 함께 배를 잡고 웃었다.

"진짜 다정하긴 하다."

지아가 인정한다는 듯이 고개를 천천히 끄덕였다.

"그래도 리본 끈까지 풀어 주는 건 너무 유죄 아니야?"

"유죄는 무슨. 천성이 다정한 걸 어떡하겠어."

나는 식판을 정리하며 대꾸했다.

"우리 조상님이 무려 고려 시대부터 말씀하셨잖니. 다정도 병이라고."

지아가 문학 시간에 배운 시조 한 구절을 중얼거렸다.

"근데 그 다정이랑 이 다정이랑은 조금 다른 거 아냐?"

"어쨌거나 다정이 병이 된 건 맞잖아. 개도 참, 너한테 유난히 더 친절하단 말이지."

"모두에게 똑같이 친절하거든요."

"그냥 하는 소리가 아니라 진짜로."

걸음을 멈춰 선 지아가 진지한 얼굴로 말했다.

"나는 몇 번이나 느꼈는데."

"우리 지아 뭐 먹고 싶어, 오늘도 버블티 한잔 사 줘?"

나는 장난스럽게 지아의 팔을 끌어당겼다.

"너는 진짜 그렇게 느낀 적 없어? 한 번도?"

지아가 웃음기 없는 얼굴로 내 눈을 똑바로 바라보았다.

"……정후가 나한테 특별히 친절할 이유가 뭐가 있겠어. 네 말대로 진짜로 그런 순간이 있었다면 그때 내가 좀 안쓰럽고 불쌍해 보였나 보지."

"왜 그런 식으로 말을 해."

지아가 속상하다는 듯이 눈을 흘겼다.

"그럼 뭐, 호감이라도 있어서 그런 거라고? 나한테? 말도 안 돼."

아무리 듣기 좋은 말이라도 너무 현실감이 없으면 아무 감정도 느껴지지 않는 법이다.

"이수현, 너 자꾸 그런 식으로 말할래? 네가 뭐 어때서?"

"아니, 내가 뭐 어떻다는 게 아니라 정후랑 나는 서로 사는 세계가 다르잖아. 그러니까 3차원, 4차원처럼 아예 차원이 다른 공간에 있어서 만날 수가 없다고."

지아가 무슨 말인가 하려다가 입술을 꾹 다물었다. 그러고는 혼잣말처럼 조그맣게 중얼거렸다.

"하여간 맘에 안 들어."

"집에 갈 때 버블티 콜?"

나는 지아의 어깨 위로 팔을 둘렀다.

"타피오카 추가해도 돼?"

지아가 뾰로통한 목소리로 물었다.

"당연하지!"

나는 지아의 목을 힘껏 끌어안았다. 하늘은 금방이라도 빗방울이 후두두 쏟아질 것 같은 빛깔이었다. 잠깐 스치고 지나가는 비라고 했는데, 이러다 하교 시간까지 내리는 건 아닌지 조금 걱정스러웠다.

나는 교실 뒤편에 있는 사물함에서 한국사 교과서를 꺼냈다. 점심시간이 10분밖에 남지 않았는데 빈자리가 곳곳에 눈에 띠었다. 운동장에 있는 남자애들은 이런 날씨에도 예비종이 울리고 나서야 교실로 돌아올 것이다.

이우연은 왼손으로 비스듬히 턱을 괸 채 자리에 앉아 핸드폰을 보고 있었다. 이우연뿐만 아니라 사물함에 기대서서 핸드폰을 보는 아이들이 여럿 있었다. 우리 반 옆이 교무실이라서 교실 뒤쪽에는 와이파이 신호가 잡히기 때문이다. 나는 뒤를 슬쩍 살펴본 다음 핸드폰 화면을 켰다.

쾅!

엄청난 굉음과 함께 창밖이 번쩍였다. 깜짝 놀란 아이들이 비명을 질렀고 그와 동시에 억수 같은 비가 쏟아지기 시작했다. 곧이어 의자가 뒤로 밀려나는 소리가 났다. 고개를 돌려 보니 고요가 자리에서 일어나 있었다. 주르르, 고요의 책상에서도 빗줄기가 떨어졌다.

"미안해!"

채희가 고요의 책상 위에 떨어트린 자신의 텀블러를 주워 들었다. 그러나 한 컵 가득 들어 있던 물은 이미 고요의 책과 노트를 흠뻑 적신 후였다.

"진짜 미안. 천둥소리에 너무 놀라서 손이 미끄러졌어."

채희가 재차 사과했지만, 고요는 아무 대답 없이 치마에 묻은 물방울만 털어 냈다.

"내가 닦아 볼게."

많이 당황한 듯한 채희가 물이 뚝뚝 떨어지는 고요의 노트를 손에 들었다.

"됐어. 이리 줘."

고요가 노트를 향해 손을 뻗었다. 노트의 물기를 완전히 제거한다고 해도 이미 번져 버린 글씨까지 되돌릴 수는 없을 것이다.

"내가 닦아 줄게."

"됐다니까."

고요가 신경질적으로 노트를 낚아챘고 물에 젖은 노트는 힘없이 쭉 찢어지고 말았다. 그때 비에 젖은 남자아이들이 우르르 교실 안으로 들어섰다.

"미안하다고 했잖아!"

무안해진 채희가 울음을 터트리자 그 애의 친구들이 달려와 채희를 달래 주었다. 대충의 상황을 눈치챈 남자아이들이 머쓱한 표정을 지으며 자리에 앉았다. 그리고 정후는 자신의 사물함에서 체육복 상의를 꺼내 와 고요의 책상을 닦기 시작했다. 채희의 친구들은 고요를 흘겨보며 수군거렸고 입술을 질끈 깨문 고요는 그대로 교실 밖으로 나가 버렸다. 정후가 고요의 뒤를 따라나섰다.

이우연이 두 사람의 뒷모습을 가만히 바라보고 있었다. 핸드폰을 쥐고 있는 오른손이 바깥쪽으로 살짝 꺾이면서 화면이 언뜻 보였다.

"어휴, 무슨 비가 이렇게 와."

한국사 선생님이 교실 문을 닫으며 말했다.

"거기, 빈자리 누구야?"

때마침 뒷문으로 들어온 정후가 선생님을 향해 고개를 꾸벅였다.

"고요가 몸이 좀 안 좋다고 해서 보건실에 데려다주고 왔습니다."

"그래? 이번 시간 필기 못 하면 안 되는데. 나중에 반장이 좀 보여 줘."

한국사 선생님은 시험문제의 상당수를 노트 필기에서 출제하는 것으로 유명했다. 젖어 버린 것이 한국사 노트가 아니었다면 고요도 그렇게까지 날 선 반응을 보이지는 않았을 거다. 고요는 5교시 수업이 끝나자 교실로 돌아왔고 언제나처럼 아무 일도 없었다는 듯이 남은 일과를 마쳤다.

우려했던 대로, 비는 하교 시간이 되어도 그치지 않았다. 다행히 지아 어머니가 데리러 와 주신다고 해서 우리는 교문과 가장 가까운 현관으로 내려갔다. 미리 우산을 챙겨 온 아이들도 있었지만 빗속을 그냥 달려가는 아이들이 훨씬 더 많았다.

"뭘 그렇게 봐?"

지아가 내 시선이 향한 곳을 두리번거리며 물었다.

"아니야, 아무것도."

"엄마다!"

우리는 서둘러 흰색 승용차를 향해 달려갔다. 지아 어머니가
아파트 지하 주차장까지 데려다주셔서 나는 한 방울의 비도 맞
지 않고 집에 도착할 수 있었다.

잠시 스쳐 가는 소나기라고 했던 비는 한밤중이 되어도 멈추
지 않았다. 아빠의 서재로 들어간 나는 책장에서 중학교 졸업앨
범을 꺼냈다.

내가 1반이었기 때문에 3학년 2반부터 사진과 이름을 하나씩
훑기 시작했다. 고작 한 장을 넘겼을 뿐인데, 곧바로 이우연의 이
름이 눈에 들어왔다.

"뭐야, 바로 옆 반이었잖아."

나는 이우연의 사진을 가만히 들여다보았다. 지금과 크게 다르
지 않은 모습이었지만, 짧은 앞머리와 동그란 안경테가 약간 앳
된 느낌을 주긴 했다.

딩동.

사진을 내려다보며 엄지손가락으로 핸드폰 잠금을 풀었다. 당

연히 지아가 보낸 메시지라고 생각했는데, 나는 하마터면 핸드폰을 집어 던질 뻔했다.

— 수현아.

정후였다. 졸업앨범을 내팽개치고 두 손으로 핸드폰을 쥐었다. 이미 메시지를 확인해 버렸으니 못 본 척 시간을 끌 수도 없었다. 쿵쿵대는 가슴을 애써 진정시키며 메시지를 작성했다. 혹시나 맞춤법이 틀리지는 않았는지 짧은 문장을 몇 번이나 확인하고 또 확인했다.

— 어쩐 일이야?

정후가 곧바로 메시지를 확인했다.

— 자고 있었던 건 아니지?

나는 고개를 젓고 있는 강아지 이모티콘을 보냈다.

— 다행이다.

핸드폰을 잠시 내려놓고 창문을 활짝 열었다. 차가운 밤바람과 함께 작은 빗방울이 얼굴에 톡톡 내려앉았다.

— 너한테 부탁하고 싶은 게 있어서.

— 뭔데?

나는 아랫입술을 잘근잘근 깨물며 정후의 답장을 기다렸다.

— 한국사 노트 좀 빌릴 수 있을까?

나는 짧은 한숨을 내쉬며 활짝 열어 둔 창문을 다시 닫았다.

그새 빗방울이 많이 튀어서 휴지를 뽑아 바닥을 닦았다.

— 응, 내일 학교에서 주면 되지?

— 그 전에 솔직히 말할게. 고요한테 빌려줄 건데, 괜찮아?

당연히 그럴 거라고 예상했다.

— 응, 괜찮아.

— 내 건 빌려줘 봤자 도움이 안 될 것 같아서. 글씨가 워낙 엉망이라.

영어 필기체처럼 흘려 쓰는 정후의 글씨는 다른 사람이 읽을 수 없을 정도는 아니었지만, 한눈에 알아보긴 어려웠다.

— 그럼 내가 시험 범위만 복사해서 내일 갖다줄게.

곧바로 정후에게서 전화가 걸려 왔다. 나는 미친 사람처럼 발을 동동 구르다가 숨을 한번 크게 내쉰 다음, 전화를 받았다.

"노트만 빌려줘. 복사는 내가 해야지."

전화기 너머로 전해지는 정후의 목소리는 평소보다 조금 더 낮고 차분하게 울렸다.

"괜찮아, 지금 프린터 켰어."

나는 복합기의 전원을 눌렀다. 노란 불이 들어오면서 작동 준비를 위한 기계음이 울렸다.

"들리지?"

"고마워."

"아냐, 몇 장 되지도 않아."

나는 내 방으로 가서 한국사 노트를 가져왔다. 다른 건 몰라도 필기라면 자신 있다. 장인은 도구를 가리지 않는 법이라지만, 용돈을 받으면 제일 먼저 사는 것이 대형 서점 문구 코너에 새로 나온 필기구였다.

"수현이 너라면 빌려줄 것 같았어."

뭐라고 대답하면 좋을지 몰라서 그냥 웃어 버렸다. 시험 점수와 직결되는 한국사 노트를 선뜻 빌려주는 아이는 많지 않을 것이다. 게다가 그 상대가 고요라면 더.

"맞아, 나는 고요가 백 점을 맞든 오십 점을 맞든 크게 상관없거든."

농담처럼 말했지만 진심이었다. 고요가 몇 점 더 받고 덜 받는다고 해서 내 성적이 달라지는 것은 아니니까.

"아니, 그런 뜻이 아니라……."

정후가 말끝을 흐리며 난감해했다.

"알아. 그럼 내일 보자."

나는 전화를 끊고 복합기의 커버를 열었다. 노트를 반듯하게 펼친 다음 컬러 복사 버튼을 눌렀다. 흑백으로 하면 중요한 것과 그렇지 않은 것이 잘 구분되지 않을 것이다.

깔끔하게 복사된 종이를 바라보며 생각했다. 이건 단순히 반장으로서의 책임감만은 아닐 거라고. 오늘 낮에 지아가 했던 말이 사실이라면, 정후는 고요에게 적대적이지 않은 내가 고마웠던 것 같다.

복합기의 전원을 끄고 졸업앨범을 제자리에 꽂아 넣었다. 밤새도록 내릴 모양인지 창밖의 비는 그칠 기색이 없어 보였다. 문득, 오후에 보았던 장면이 떠올랐다.

이우연은 한참이나 현관 아래에 서 있었다. 우산이 없어서 누군가를 기다리는 거라고 생각했다. 잠시 후 현관으로 내려온 고요가 우산을 쓰고 빗속을 걸어갔다. 그 모습을 지켜보던 이우연이 가방에서 초록 우산을 꺼냈다. 그러고는 천천히 빗속으로 걸어 들어갔다. 마치 고요를 기다리기라도 한 것처럼.

아니면, 그저 우연이었을까.

달의 뒷면

이우연은 여전히 내 호기심을 자극했다.

그 애는 목소리를 듣기 힘들 정도로 말수가 적었다. 누가 말을 걸지 않으면 좀처럼 먼저 말을 하는 법이 없었다. 어제는 온종일 한마디도 하지 않았다. 적어도 교실 안에서는 그랬다. 그 모습이 쓸쓸하거나 외로워 보이지는 않았고 오히려 평온하게 보였다. 단짝이라고 부를 만한 친구는 없는 것 같았는데, 그렇다고 아이들과 어울리지 못한다거나 따돌림을 받는 건 전혀 아니었다. 급식실에서는 적당히 아이들 틈에 섞여서 점심을 먹었고 다른 반 아이가 교과서나 체육복을 빌려 간 적도 있었다. 물론 처음부터 이우연을 생각하고 온 것 같진 않았지만.

철저하게 혼자이면 오히려 혼자라서 눈에 뛴다. 육지와 끊어진 작은 섬처럼, 무리에서 벗어난 어린 양처럼. 이우연은 딱 아이들의 관심을 끌지 않을 만큼만 혼자였다. 그림 속의 한 부분을 차지하고는 있지만 빈 구석을 채우기 위해 그려 넣은 배경 같다고 나 할까. 닷새 동안 지켜본 결과 이우연은 있어도 없는 것 같고 없어도 있는 것 같은 그런 아이였다.

심심하다는 생각이 들 만큼 별다른 특징이 없었지만 계속 눈길이 갔다. 이우연이 항상 내 시야에 들어와 있다는 것도 큰 요인이었다. 의식하지 않을 때에도 이우연의 일부가 순간순간 내게 전해졌기 때문이다. 지우개 가루를 그냥 바닥에 털어 버리지 않고 따로 모아서 쓰레기통에 버린다든지 우산을 새것처럼 반듯이 잘 접는다든지. 수업 시간이 지루해지면 교과서 귀퉁이에 낙서를 끄적이는 아주 사소한 습관 같은 것들까지.

어제 오후에는 쌀쌀한 느낌이 들어 어깨를 살짝 움츠렸더니 이우연이 창문을 닫았다. 겉으로 보이는 것만큼 주위에 무관심한 타입은 아닌 것 같았다. 고요가 등교하면 곁눈질로 한번 바라보긴 했지만 그 이외에는 특별히 고요를 의식하지 않았다. 쉬는 시간에는 턱을 괴고 핸드폰을 했는데, 손가락의 움직임으로 보아 게임을 하는 것 같지는 않았고 뭔가를 보는 것 같았다.

"어? 폰이 어디 갔지?"

교무실에 다녀온 정후가 가방을 뒤적이며 중얼거렸다. 책상 위에 올려놓은 프린트물을 보니 중간고사에 관한 전달사항인 것 같았다.

"나한테 전화 좀 해 줄래?"

정후가 뒤를 돌아보며 이우연에게 말했다.

"잠깐만."

이우연이 가방 앞주머니에서 핸드폰을 꺼냈다. 나는 이우연의 핸드폰을 가만히 바라보았다. 조금 전까지 손에 들고 있던 은색 핸드폰이 아니라 투명 케이스를 끼운 검은색 핸드폰이었기 때문이다. 이우연이 통화 버튼을 누르자 정후의 책상 서랍 속에서 진동이 울렸다.

"아, 여기 있었네. 고마워."

정후가 교과서 사이에 끼어 있던 핸드폰을 꺼내 프린트물의 사진을 찍었다. 잠시 후 무음으로 설정해 둔 내 핸드폰에 메시지 알림이 떴다. 정후가 보낸 단체 메시지였다.

이우연 역시 메시지를 확인한 다음 검은색 핸드폰을 다시 가방에 넣었다. 그러고는 평소처럼 왼손으로 턱을 괸 채 은색 핸드폰을 들여다보았다.

핸드폰을 두 개 가지고 있는 것이 그렇게 특별한 일은 아니었다. 중학교 때부터 종종 그런 아이들이 있었다. 주로 개통이 되어 있는 핸드폰 하나에 와이파이로만 쓰는 공기계를 하나 더 가지고 다니는 식이었다. 하지만 나는 이우연이 매번 뭘 그렇게 보고 있는지 궁금했다. 한편으로는 이우연에 대해서 이토록 궁금해하는 내가 이상하다는 생각도 들었다.

SNS에서 이우연을 검색해 보았다. 핸드폰 번호로 찾아보기도 하고 우리 반 이메일 주소록에 있는 아이디로도 검색해 봤지만 이우연의 계정을 찾을 수는 없었다. 우리 반에서 SNS를 하지 않는 사람은 이우연과 고요, 두 사람뿐이었다. 심지어 고요는 메신저 앱도 사용하지 않아서 단체 메시지가 있으면 정후가 따로 문자로 보내 주곤 했다.

나는 정후의 계정에 접속했다. 정후는 게시물을 잘 올리지 않는 편이어서 마지막 게시물이 고등학교 입학안내문이었다. 길지 않은 피드엔 유럽 축구선수와 반려견 사진이 대부분이었고 정후가 나온 사진은 재작년 여름에 올린 게시물 하나가 전부였다.

옥빛 바다 한가운데 서서 활짝 웃고 있는 정후. 지금보다 약간 마른 체격에 치아 교정기를 착용하고 있다. 나는 본 적 없는, 나는 알지 못하는 정후의 모습이다.

"다들 집중."

아직 수업종이 울리지 않았는데, 조금 일찍 교실로 들어온 미술 선생님이 교탁을 두 번 두드렸다. 나를 비롯해 핸드폰을 보고 있던 아이들이 서둘러 핸드폰을 가방 속에 집어넣었다. 교실에서 금지되어 있는 것은 아니지만, 수업 시간에 벨이나 진동이 울리면 그날 종례 시간까지 압수를 당한다.

"이번 시간 과제로 수행평가할 거니까 신경 써서 잘 그리고. 오늘 안에 제출 안 하면 무조건 빵점이야."

과제는 '보이지 않는 것'을 주제로 수채화 그리기였다. 나는 잠깐 고민하다가 어린 시절의 추억을 그리기로 했다. 친척들까지다 함께 떠났던 제주도 여행. 너무 많은 인원에 사건 사고가 끊이질 않았지만 그래서 더 즐거웠다.

다들 비슷한 생각을 했는지 그림들이 크게 다르지 않았다. 나처럼 추억이나 꿈, 감정에 관한 것들이 대부분이었고 드물게는 전설 속의 동물이나 판타지 세계를 그린 아이도 있었다. 평소 엉뚱하기로 유명한 현수는 와이파이 신호를 형상화한 그림을 그려서 아이들의 웃음을 자아냈다.

나는 물통에 물을 반쯤 담아 오면서 이우연의 그림을 힐끗 훔쳐보았다. 이우연은 도화지 한가운데 커다란 동그라미를 색칠하고 있었는데, 무채색 계열의 색감을 보니 달을 그린 것 같았다. 단순한 그림이었지만 채색을 너무 잘해서 한 장의 사진처럼 보였다. 그림을 아주 잘 그렸다던 지아의 말이 틀리지 않았다.

그런데 어째서 달을 그렸을까. 매일 밤 그 모양이 조금씩 바뀔뿐 우리 눈에 보이지 않는 대상은 아닌데. 혹시 달이 아니라 다른 행성을 그린 건가.

그림이 완전히 마른 것을 확인한 이우연이 도화지를 뒤집었다. 그러고는 자신의 번호와 이름을 쓰기 시작했다. 마지막으로 제

목이라고 쓰고 점을 두 개 찍더니 '달의 뒷면'이라고 적어 넣었다.

그제야 이우연의 그림을 이해할 수 있었다. 중학교 과학 시간에 지구에서는 달의 뒷면을 볼 수 없다고 배웠다. 달의 자전주기와 공전주기가 일치하기 때문이다. 인공위성이 달의 뒷모습을 찍어 오긴 했지만, 일상 속의 우리는 영원히 달의 앞면만 바라보고 사는 것이다.

문득, 눈에 보이지 않는 이우연의 모습이 궁금해졌다. 주말에는 어떻게 시간을 보내는지, 가족과 함께 있을 때는 어떤지, 평소에 무슨 생각을 하는지.

지아와 함께 급식실을 나오는데 메시지 알림이 울렸다.

— 수현아.

나는 눈을 한번 깜박인 다음, 알림창에 떠 있는 프로필 사진을 다시 확인했다. 하얀색 포메라니안. 정후가 아홉 살 때부터 함께 자랐다는 반려견 털리였다. 내가 답장을 쓰기도 전에 정후의 두번째 메시지가 도착했다.

— 잠깐 도서관으로 와 줄 수 있어?

도서부인 정후는 일주일에 한 번, 학교 도서관에서 봉사활동을 했다.

— 지금?

— 점심시간 끝날 때까지는 여기 있을 거니까, 너 편할 때.

나는 지금 가겠다고 답장을 보냈다.

"왜 그래?"

지아가 내 얼굴을 들여다보며 물었다.

"응?"

"넋이 나간 사람 같아서."

지아가 내 핸드폰 화면으로 시선을 옮겼다.

"아무 일 없는데?"

나는 핸드폰을 슬쩍 가리며 고개를 가로저었다. 지아에게 비밀로 할 생각은 전혀 없지만, 지금은 아니었다. 지아가 알면 또 괜한 소리를 할 게 뻔했다.

"나 화장실 좀 들렀다 갈게. 먼저 가 있어."

"같이 가 줘?"

지아가 레몬 사탕의 껍질을 까며 물었다.

"아니, 시간이 좀 걸릴 것 같아서."

"아하."

지아가 알겠다는 듯이 고개를 끄덕이며 레몬 사탕 두 개를 내 주머니에 넣어 주었다. 나는 지아를 보내고 5층으로 올라갔다. 시끌벅적한 점심시간에도 도서관 앞은 텅 빈 거리처럼 조용했다. 문을 열기 전, 핸드폰을 꺼내 얼굴을 확인했다. 확인한다고 해서

51

크게 달라질 것도 없었지만.

"왔어?"

대출 창구에 앉아 있던 정후가 손을 살짝 흔들며 인사했다. 머릿속이 멍해질 만큼 긴장이 됐지만 애써 아무렇지 않은 척 레몬 사탕 하나를 정후에게 건넸다.

"아무도 없어?"

나는 텅 빈 도서관을 둘러보며 물었다.

"응, 네가 오늘 첫 번째 방문자야."

정후가 웃으며 자리에서 일어섰다. 마주 보던 시선이 위로 쑥 올라갔다. 그동안 의식하지 못하고 있었는데, 처음 만났을 때보다 키가 많이 자란 것 같았다.

"이거."

정후가 조그만 종이봉투를 내게 건넸다.

"이게 뭔데?"

나는 조심스럽게 봉투를 열어 보았다. 봉투에 들어 있는 것은 이어폰 케이스 두 개였다.

"고요가 준 거야."

"고요가?"

"노트 빌려준 거 고맙다고, 너랑 나랑 하나씩 가지래."

고작 복사 몇 장 해 준 일로 이런 선물까지 받게 될 줄은 몰랐다. 다른 사람도 아닌 고요에게.

"그냥 네 노트라고 하지."

"그럴까 했는데, 고요가 이미 내 글씨체를 알고 있어서."

정후가 콧잔등을 찡그리며 웃었다. 정후의 모든 것을 좋아하지만, 장난스럽게 웃는 이 미소가 정말로 좋다.

"마음에 드는 걸로 골라. 나는 아무거나 괜찮으니까."

정후가 이어폰 케이스를 가리키며 말했다. 똑같이 생긴 민트색과 보라색 케이스였다. 고요가 내 이어폰 기종을 정확히 알고 있는 것이 신기했다. 게다가 내 케이스는 얼마 전에 세게 떨어트린 적이 있어서 윗면이 반쯤 깨진 상태였다. 쉬는 시간에도 흐트러짐 없이 문제집만 푸는 고요가 설마 내 케이스를 본 걸까. 고요가 날 보고 있었다고 생각하니 기분이 이상했다.

"그림이 다르구나."

색깔만 다른 줄 알았는데 자세히 보니 민트색에는 영어로 달의 앞면, 보라색에는 달의 뒷면이라고 쓰여 있었다.

"나는 보라색으로 할게."

"알았어."

정후가 민트색 케이스의 뚜껑을 열어 내가 준 레몬 사탕을 넣었다.

"근데 진짜 받아도 되는 거야?"

"그럼. 그래야 고요 마음도 편할 거야."

정후가 확신하듯 끄덕였다. 고요에 대해서 아주 잘 알고 있다는 듯이.

"너한테 직접 말은 안 해도 고요가 엄청 고마워하고 있어. 고요가 오해받을 만한 행동을 하는 건 사실이지만, 마음은 그게 아니거든."

정후가 민트색 케이스를 주머니에 넣으며 말했다.

"수현이 너는 오해하지 않는 것 같지만. 항상 고맙게 생각하고 있어."

나는 흔들리는 마음을 다잡으며 가까스로 미소를 지었다. 정후는 지금 나에게 고요를 미워하지 않아서 고맙다고 말하고 있었다.

"그럼 이따가 보자."

먼저 교실로 돌아온 나는 지아를 뒤로 살짝 불러냈다. 다른 아이들이 알게 되면 작은 소란이 일어날 테고, 그러면 고요가 불편해할 것이 뻔했다. 고요가 가장 질색하는 것이 아이들의 관심이었으니까.

"케이스 샀어?"

"고요가 줬어."

지아가 그게 무슨 소리냐는 듯 눈을 크게 떴다. 나는 조금 전에 있었던 일을 지아에게 짧게 설명해 주었다.

"정후가 그런 말을 했다고?"

"그래."

나는 고요의 뒷모습을 바라보았다. 언제나처럼 제자리에 앉아 문제집을 풀고 있었다. 고요는 정말로 열심히 공부했다. 밥을 먹는 시간과 화장실에 가는 시간을 제외하고는 손에서 펜을 놓지 않았다. 그런 고요가 나를 바라보았을 때, 나는 무엇을 하고 있었을까. 어디를 보고 있었을까.

"그러니까 앞으로는 제발 이상한 소리 하지 마. 알았지?"

"친하겠지. 둘이 초등학교 때부터 쭉 같은 학교였잖아."

지아가 인정할 수 없다는 듯이 말했다.

"너무 친해서 둘이 사귄다고 해도 나는 축복해 줄 수 있어."

약간의 허탈감과 함께 밀려오는 안도감. 좋아하는 영화의 두 주인공이 실제로 연인이 되었다는 기사를 봤을 때의 느낌과 비슷했다.

"그건 아니지."

눈을 가늘게 뜬 지아가 나를 향해 손가락을 천천히 흔들었다. 나는 어깨를 으쓱이며 고개를 옆으로 돌렸다. 그와 동시에 이우연의 핸드폰 화면이 눈에 들어왔다. 지난번에 잘못 본 것이 아니었다. 멀리서 보아도 알 수 있는 익숙한 레이아웃. 이우연은 누군가의 SNS를 보고 있었다.

그때 예비종이 울렸다. 나는 자리에 앉아 고요에게 고맙다는 문자를 보냈다. 고요는 학교에서 핸드폰을 사용하지 않기 때문에 오늘 저녁쯤에나 내 문자를 확인할 것이다.

한밤중이 되어도 고요에게 답장은 오지 않았다. 딱히 기대한 건 아니지만, 막상 울리지 않는 핸드폰을 보니 아주 약간 섭섭한 마음이 들기도 했다. 그러고 보니 문자에 내 이름을 쓰지 않았다. 내 번호를 모르는 고요가 누가 보낸 문자인지 모르면 어쩌나 걱정하다가 피식 헛웃음이 나왔다. 케이스 이야기를 했으니 나인 줄 모를 리가 없었다.

불을 끄고 침대에 누웠다. 잠들기 전, 친구들의 SNS를 둘러보는 것이 하루의 마지막 일과가 된 지 오래였다. 시험 기간인 탓에 새롭게 올라온 게시물이 그리 많지 않았다. 약간의 의무감으로 하트를 누르고 큰 의미 없는 댓글도 몇 개 남겼다. 조금 전에 올라온 수하의 게시물까지 확인한 다음 정후의 계정에 들어갔다. 마지막은 항상 정후의 계정이었다.

아주 오랜만에 새로운 사진 한 장이 올라와 있었다. 고요에게 받은 민트색 이어폰 케이스.

아무런 설명도 없었지만, 그래서 더 많은 걸 이야기하고 있었다. 적어도 내가 보기에는 그랬다. 그 밑으로는 친구들의 댓글이 실시간으로 달리고 있었다. 나도 댓글을 남기고 싶었지만 케이스에 대해서 알은척을 하기도 모르는 척을 하기도 애매해서 결국 아무 말도 쓰지 않았다.

고요는 SNS를 하지 않으니 이 게시물을 못 볼 확률이 높았다. 게시물에 담긴 정후의 마음도. 아니면, 고요는 이미 정후의 마음을 알고 있을까.

아닌 밤중에 확인 사살을 당했지만 마음이 아프진 않았다. 문득 '그건 아니지'라고 했던 지아의 말이 떠올랐다. 확실히 자연스러운 반응이라고는 할 수 없었다. 태어나서 처음으로 첫눈에 반한 남자아이였다. 오늘 낮에도 그 애의 미소를 보며 마음이 설렜다. 그런 애에게 좋아하는 사람이 있다는 사실을 알았는데, 이토록 평온할 수 있다니.

사실은 엉엉 울고 싶을 정도로 가슴이 아픈데 내가 애써 모른 척하고 있는 건가. 아무리 생각해 봐도 그건 아닌 것 같았다. 슬프지 않았던 건 아니다. 사진을 처음 확인했을 때는 아주 잠깐 가슴이 무너지는 듯한 기분이 들기도 했다. 다만, 내 감정이 시시각각 모양을 바꾸고 있었다.

내 가슴에 커다란 달이 뜬 것 같았다.

고요의 기지

이건 좀 심하다는 생각이 들었다.

그동안은 서랍 속 과자 봉지 정도였다면 오늘은 책상 위에 아예 쓰레기통을 통째 쏟아부은 것 같았다. 교실로 들어서는 아이들마다 흠칫하는 게 보였다.

채희는 아직 도착 전이었다. 그러니 채희가 한 짓은 아닐 것이다. 우리 반에서 고요에게 가장 적대적인 아이를 꼽으라면 단연 채희겠지만, 고요의 적은 사방에 흩어져 있었다. 심지어 2학년, 3학년 선배들과 마찰을 일으킨 적도 있었다.

텀블러 사건 이후로 채희와 고요의 갈등이 한층 더 깊어진 건 사실이었다. 그게 정말 실수였는지 아니면 고의였는지는 채희 본인만이 알고 있겠지만, 적어도 내가 봤을 때 채희는 그날 진심으로 당황한 것 같았다.

엉망이 된 자신의 책상을 본 고요가 놀란 기색을 감추지 못했다. 그러나 이내 아무렇지도 않은 얼굴로 쓰레기통을 가져오

더니 휴지 조각을 하나씩 주워 담았다. 나머지 부스러기들은 빗자루로 깨끗이 쓸어 담았고 마지막으로 물티슈를 꺼내 책상을 닦았다.

손을 씻고 온 고요가 앉아서 문제집을 풀기 시작했다. 잠시 후 채희가 도착했고 지유가 기다렸다는 듯이 채희에게 달려가 귓속 말을 속삭였다. 그러자 깜짝 놀란 듯한 채희가 대박, 이라고 중얼 거리더니 쿡쿡 웃음을 터트렸다. 정말로 고소하다는 듯이.

오늘 일을 장난이라고 해도 되는 걸까. 이건 명백한 괴롭힘이었다. 아이들은 고요가 먼저 미움받을 행동을 했다고 말한다. 미움 받을 행동을 하면 괴롭혀도 괜찮은 걸까. 그럴 만한 이유가 있으면 상대를 괴롭힐 권리가 주어지는 걸까.

나는 고요가 싫지 않다. 그래서 오늘 같은 일이 있으면 마음이 불편하다. 그 애를 도와주고 싶지만, 선뜻 나설 수가 없다. 그럴 만한 용기도 없고 괜히 다른 아이들의 반감을 살까 걱정스럽기도 하다. 결국 아무것도 하지 못한 채 마음만 더 괴로워졌다.

"왜 가만히 있는 걸까?"

"누구? 은고요?"

지아가 버블티에 빨대를 꽂으며 물었다. 미술 수행평가 만점을 받은 기념으로 지아가 내 것까지 사 주었다.

"본인이 자초한 것도 있고, 이런저런 일에 휘말리기 싫겠지."

지아가 별 관심 없다는 듯이 양 입꼬리를 아래로 삐쭉 내렸다.

"고요 잘못도 있다고 생각해?"

나는 버블티 한 모금을 쭉 들이마셨다. 제법 쌀쌀해진 가을바람 탓에 가슴 속이 서늘해졌다.

"아이들한테 상처를 준 건 사실이잖아."

지아가 눈썹을 찡그리며 말했다.

"학기 초를 생각해 봐. 애들이 얼마나 잘해 줬어. 물론 고요 본인이 원한 건 아니었지. 그렇지만 아무런 노력을 하지 않아도 사람들의 호감을 산다는 거, 그거 진짜 큰 행운 아니야?"

나는 고개를 끄덕였다. 새 학기 전날에는 반드시 배가 아프거나 머리가 아팠다. 새로운 교실에 첫발을 내디디는 것이 고통이었다. 인사를 건넬 만한 얼굴이 보이지 않으면 숨이 턱 막혔다. 벌써 무리를 지은 아이들이 까르르 웃음을 터트리기라도 하면 눈앞이 아찔해졌다. 이 모든 것을 고요는 결코 알지 못할 것이다.

"그 사진을 보고도 고요를 걱정해 주는 거야? 너도 참."

지아도 정후의 SNS를 본 모양이었다.

"진심으로 축복해 줄 수 있다고 했잖아."

지아가 고개를 절레절레 흔들었다.

"그래서 큐피드라도 되려고?"

"마음은 굴뚝인데, 화살이 없네."

나는 지아를 향해 활을 쏘는 시늉을 했다.

"너, 진짜 한정후 좋아하는 거 맞아?"

"좋아하지, 지금도 여전히!"

오늘 하루도 칠판을 바라본 시간보다 정후의 옆얼굴을 바라본 시간이 두 배는 더 길었을 거다. 평소보다 조금 늦게 등교한 정후가 아침의 상황을 보지 못해서 다행이라고 생각했다. 좋아하는 애가 그런 일을 겪는 것을 보면 마음이 아플 테니까.

"난 아닌 것 같아."

지아가 확신에 찬 목소리로 말했다.

"아무리 봐도 같은 반 남자애를 좋아하는 게 아니라, 아이돌 멤버를 좋아하는 것 같아."

"우리 반 아이돌 맞잖아."

"흥, 한정후가 뭐라고."

지아가 입술을 삐쭉였다.

"성격 좋고, 재밌는 거 인정해. 내 타입은 아니지만, 잘생겼다고도 해 줄게."

"거기다 공부도 잘하고 운동도 잘하지."

"그래, 다 인정. 그래서 뭐, 그게 그렇게 대단해?"

"대단하지, 그럼."

나는 마치 내 자랑이라도 하듯 어깨를 으쓱였다.

"수현이 너도 대단해."

"그만."

나는 집게손가락을 지아의 입술에 갖다 댔다. 지아가 무슨 말을 하고 싶은지, 잘 알고 있다.

"서지아, 너는 내 영혼의 반쪽이야."

"에휴, 됐다. 내일 아침은 어쩔 거야? 새벽부터 비 온다고 하던데."

"그럼 버스 타야겠지?"

나는 회색 하늘을 멀뚱히 올려다보았다.

"알았어. 나는 우리 아파트 앞에서 탈게."

지아가 손을 흔들며 건널목을 건너갔다. 집으로 올라온 나는 엄마가 챙겨 준 간식을 먹고 책상 앞에 앉았다. 중간고사가 코앞으로 다가왔는데, 조금이라도 훑어본 과목보다 아직 손도 대지 않은 과목이 더 많았다. 중학교 때부터 늘 이랬다. 게으름을 부린 적도 없고 할 일을 미룬 적도 없는데 언제나 시간이 부족했다.

지금 성적으로는 좋은 대학에 갈 수 없다는 것을 잘 알고 있다. 그렇다고 가고 싶은 대학이 있는 것도 아니다. 이제는 어릴 때처럼 변호사나 의사 같은 허무맹랑한 꿈을 꿀 수 없으니까. 꿈을 꾸는 데도 밑천이 필요한데, 나는 땡전 한 푼 없는 빈털터리나 마찬가지다.

나는 머리가 좋지도 않고 특별히 잘하는 것도 없는, 그렇지만 크게 모자란 부분도 없는 아주 보통의 아이다. 나 같은 보통의 아이들은 어떤 미래를 꿈꿔야 하는 걸까. 그냥 이대로 조용히 보통의 어른이 되는 걸까.

답이 없는 생각들이 꼬리를 물고 이어져서 이어폰을 귀에 꽂았다. 잘 쓰고 있다는 것을 고요에게 보여 주고 싶어서 학교에서는 일부러 책상 위에 케이스를 올려 두곤 한다. 정작 고요는 별 관심도 없는 것 같지만.

오늘 아침 고요가 자리를 정리하고 있을 때, 슬쩍 이우연을 쳐다보았다. 이우연은 가만히 고요를 바라보다가 고요가 손을 씻으러 나가자 핸드폰을 손에 들었다.

주변이나 타인에게 큰 관심이 없어 보이는 이우연이 SNS를 한다는 건 조금 의외였다. 어떤 게시물을 올릴지 짐작조차 되지 않았다. 하긴, 눈에 보이는 특징을 제외하고는 이우연에 대해서 아는 것이 거의 없으니까.

나는 이어폰의 볼륨을 높였다. 지금 내게 가장 중요한 것은 수학 문제 하나를 더 푸는 일이었다.

상황은 점점 더 나빠지고 있었다.

5교시 쉬는 시간, 고요가 자신의 사물함을 열었다. 다음 수업이 체육이었기 때문에 사물함 앞은 체육복을 꺼내려는 아이들로 붐비고 있었다. 고요가 무심코 자신의 체육복을 꺼냈을 때였다.

"뭐야!"

고요의 옆에서 허리를 숙이고 있던 소희가 정수리를 감싸며 소리쳤다. 흠뻑 젖은 고요의 체육복에서 물방울이 뚝뚝 떨어진 것이다.

"아, 짜증 나!"

소희가 한껏 찡그린 얼굴로 머리카락에 묻은 물방울을 떨어냈다.

"미안."

당황한 고요가 소희에게 사과했다. 당황한 건 고요만이 아니었다. 그 모습을 지켜본 모두가 조용해졌다. 한 걸음 뒤에 서 있던 채희도 이번에는 입을 꾹 다물었다. 얼굴이 붉게 상기된 고요가 체육복을 돌돌 뭉쳐서 밖으로 들고 나갔다.

"대박, 누가 저런 거야?"

교실 안에 작은 소란이 일었다. 고요는 번호로 잠그는 자물쇠를 사용하고 있었다. 그러니까 누군가 비밀번호를 알아내서 사물함을 열고, 고요의 체육복에 물을 부은 다음 다시 감쪽같이 잠가 둔 것이다.

"저건 좀 심한 거 같은데."

지유가 바닥에 떨어진 물 자국을 바라보며 중얼거렸다.

"뭐 어쩌겠어. 인과응보라는 말이 괜히 있는 게 아니잖아."

채희가 한껏 비꼬듯 말했다.

"누군지 짐작도 못 할걸. 한둘이어야지."

"근데, 자물쇠 비밀번호까지 알아낸 거 보면 우리 반 아니야?"

지유가 주위를 둘러보며 목소리를 낮췄다. 나는 자리에서 일어나 복도로 나왔다. 아까 급식실에서 체육복을 입은 8반 아이들을 여럿 보았다. 서둘러 8반으로 가서 아는 얼굴을 찾았다.

"정연아, 혹시 체육복 있어?"

"어, 잠깐만."

정연이가 사물함에서 체육복이 든 손가방을 꺼내 주었다.

"고마워, 수업 끝나고 바로 갖다줄게."

나는 가방을 품에 안고 교실로 들어왔다. 다들 강당으로 올라갔는지 교실에는 지아만 남아 있었다.

"체육복 없었어?"

지아가 눈을 동그랗게 뜨며 물었다.

"어? 그게……."

"얼른 갈아입어. 시간 다 됐어."

지아가 벽에 걸린 시계를 가리켰다. 나는 우물쭈물하다가 결국 정연이의 체육복으로 갈아입었다. 내 체육복이 멀쩡히 사물함에 들어 있는데도.

강당에도 고요의 모습은 보이지 않았다. 체육 선생님이 별다른 말이 없는 걸 보니 미리 이야기를 하고 수업에 들어오지 않은 것 같았다.

나는 소매 끝에 적힌 정연이의 이름을 내려다보았다. 만약 고요가 교실에 있었다면 나는 이 체육복을 고요에게 건네줄 수 있었을까? 아마 그러지 못했을 거다. 그 애를 도와주고 싶은 마음보다 다른 아이들에게 미움받고 싶지 않은 마음이 더 크니까.

고요는 마지막 수업이 끝날 때까지도 교실로 돌아오지 않았다. 이번 일은 고요에게도 상처가 된 것 같았다. 그 이후로 고요의 책상에는 쓰레기가 거의 매일 아침 쌓이기 시작했다.

지아에게 무슨 핑계를 대면 좋을지 밤새도록 고민했다. 그러다 내린 결론은 무슨 핑계를 대든 결국엔 거짓말이라는 거였다. 그래서 평소보다 한 시간 일찍 일어났다. 보통은 일곱 시에 일어나서 여덟 시쯤 학교에 도착하는데, 오늘은 일곱 시에 집에서 나왔다. 지아와는 매일 아침 일곱 시 사십오 분에 만나니까, 시간은 아직 충분했다.

서둘러 도착한 교실의 문은 열려 있었다. 그러나 교실 안에는 아무도 없었고 고요의 자리는 이미 엉망이 되어 있었다.

나는 곧장 고요의 자리로 향했다. 여기저기 흩어져 있는 쓰레기를 한곳으로 모으고 있는데, 드르륵 교실 문이 열렸다. 깜짝 놀란 나는 쓰레기를 손에 쥔 채 그대로 얼어 버렸다.

뒷문으로 들어온 이우연이 나를 보았다.

"내가 이런 거 아니야!"

나는 두 손을 저으며 소리쳤다.

"알아."

이우연이 무심한 얼굴로 대답했다. 우리가 나눈 첫 번째 대화였다.

나는 잠시 멀뚱히 서 있다가 쓰레기를 한데 모아 쓰레기통에 갖다 버렸다. 그러고는 다시 가방을 메고 교실을 나왔다. 내 뒷모습을 바라보는 이우연의 시선이 느껴졌지만, 뒤를 돌아볼 수는 없었다. 나는 되감기 버튼을 누른 것처럼 아파트 앞으로 돌아가서 지아를 기다렸다.

"어제 늦게 잤어? 엄청 피곤해 보여."

지아가 내 안색을 살피며 물었다.

"잘 잤는데. 조금 일찍 일어나서 그런가."

거짓말을 한 건 아니었다. 다만 모든 걸 다 이야기하지 않았을 뿐이다. 아침부터 한 시간 가까이 걸었더니 조금 피곤하긴 했다. 자리에 앉아 짧은 한숨을 내쉬자 뒤늦게 열이 오르면서 땀방울이 흘러내렸다. 이우연은 평소와 다를 바 없이 핸드폰을 보고 있었다. 나는 손부채질을 하며 자리에서 일어나 창문을 활짝 열었다. 차가운 바람이 얼굴을 스치면서 기분이 한결 가벼워졌다. 잠시 그대로 서 있다가 옆으로 돌아서는데, 때마침 의자를 뒤로 뺀 이우연과 살짝 부딪히고 말았다.

"미안."

이우연이 놀란 얼굴로 사과했다. 나는 두 손을 저으며 대답했다.

"아냐, 괜찮아."

다행이라는 듯이 고개를 돌리던 이우연이 조금 난감해진 얼굴로 내 발밑을 쳐다보았다. 무슨 일인가 싶어 아래를 보니 이우연의 핸드폰이 내 왼발 옆에 떨어져 있었다. 아무래도 선뜻 손을 뻗기가 망설여졌던 모양이다.

"여기."

나는 핸드폰을 주워 건넸다.

"고마워."

핸드폰을 서랍 속에 넣은 이우연이 교실 밖으로 나갔다. 나는 자리에 앉아 서둘러 인터넷 검색창을 켰다.

일부러 보려고 했던 건 아닌데, 이우연의 핸드폰 화면이 너무나도 잘 보였다. 나는 시력은 꽤 좋은 편이지만 기억력은 그렇게 좋은 편이 아니라서 잠깐 본 아이디를 단번에 외울 수는 없었다. 게다가 단어의 형태가 영어가 아닌 것 같아서 더 어려웠다. 일단 기억나는 대로 검색해 보기로 했다. 여섯 개의 알파벳을 입력했을 때, 자동 완성 단어가 떠올랐다.

MARE TRANQUILLITATIS : 고요의 바다를 뜻하는 라틴어

나는 다시 검색창에 '고요의 바다'를 입력했다. 고요의 바다는 달의 수많은 바다들 가운데 하나였다. 바다라는 이름은 달 표면에서 짙은 검은색으로 보이는 지형을 가리키는 것일 뿐, 실제 바다와는 아무런 관련도 없었다. 그리고 1969년 7월 20일, 달에 도착한 닐 암스트롱이 인류의 첫발을 내디딘 곳이 바로 고요의 바다라고 했다.

이번에는 SNS 앱으로 들어가서 아이디를 검색했다. 어쩌면 잘못 본 것일 수도 있다고 생각했는데 조금 전에 봤던 밝은 보름달 사진이 떠올랐다. 비공개 계정이라는 문구와 함께. 이 계정의 게시물을 보려면 팔로우 요청을 해야 하고 계정 주인에게 수락을 받아야만 한다.

고요의 바다가 이우연일 수도 있지만, 그렇지 않을 수도 있었다. 만약 고요의 바다가 이우연이 아니라고 해도 최소한 이우연이 고요의 바다를 팔로우하고 있다는 뜻이었다. 고요의 바다 팔로워 목록에 이우연의 계정이 있을 것이다.

그렇다면 고요의 바다는 누구의 계정일까. 머릿속이 복잡하게 돌아가기 시작했다. 미술 시간에 달의 뒷면을 그렸던 이우연, 달이 그려진 이어폰 케이스를 선물한 고요. 설마…….

나는 고요의 뒷모습을 가만히 바라보았다. 메시지 앱도 사용하지 않는 고요가 SNS를 할 확률은 그리 높아 보이지 않았다. 그러나 둘 사이에는 분명한 차이점이 존재한다. 메시지 앱은 핸드폰 번호를 아는 사람이라면 누구나 접근할 수 있지만, SNS는 설정을 어떻게 해 두느냐에 따라 완전한 익명성이 보장된다.

나는 자습 시간 내내 달의 바다와 아폴로 11호에 대한 문서를 읽었다. 미국의 달 탐사 계획이었던 아폴로 프로젝트. 수많은 실패 끝에 드디어 달에 도착한 아폴로 11호. 그 우주선의 선장이었던 닐 암스트롱. 고요의 바다에 안착한 달 착륙선 이글과 이글이 착륙했던 위치를 이르는 말인 고요의 기지.

나는 고요의 바다에 팔로우 요청을 하기로 마음먹었다. 내가 이수현이라는 게 드러나지 않는 공간에서라면 두려울 것도 겁이 날 것도 없다. 누구의 눈치도 보지 않고 마음껏 손을 뻗을 수 있다. 설령 거절을 당할지라도 전혀 상처받지 않는다. 다만 고요의 바다가 비공개 계정인 만큼 쉽게 팔로우를 수락해 주진 않을 것 같았다. 계정 주인의 호기심을 자극할 수 있는 뭔가가 필요했다.

온종일 궁리했지만, 좀처럼 좋은 아이디어가 떠오르지 않았다. 아파트 입구에서 지아와 헤어진 후 천천히 발길을 옮기는데 작은 종달새 한 마리가 내 앞에 내려앉았다. 나와 눈이 마주쳐도 날아가지 않는 종달새가 신기해서 조심스럽게 핸드폰을 꺼내 사진을 찍었다. 찰칵, 하는 카메라 작동음과 함께 내 머릿속이 반짝였다.

나는 곧바로 이미지 검색을 통해서 사진 한 장을 저장했다. 달에서 찍은 지구의 모습이었다. 그 사진을 새로 만든 SNS 계정의 프로필로 설정했다. 그런 다음 첫 번째 게시물로 방금 찍은 종달새 사진을 올렸다. 그 밑에는 'my first eagle'이라고 적었다.

잠시 숨을 고른 다음 팔로우 요청 버튼을 눌렀다. 주사위는 던져졌다. 이제 내가 할 수 있는 것은 조용히 기다리는 일뿐이었다.

잠잘 준비를 마치고 내 방으로 들어왔을 때였다. 딩동, 핸드폰 알림이 울렸다. 나는 한쪽 눈을 질끈 감은 채 새로운 알림을 확인했다.

*mare_tranquillitatis*님이 팔로우 요청을 수락하셨습니다.

떨리는 마음으로 보름달 사진을 누르자 서른세 개의 게시물이 나타났다. 팔로우는 스물아홉 명, 팔로워는 열한 명.

the_eagle_has_landed

달 착륙선 이글이 무사히 착륙했을 때 닐 암스트롱이 인류에게 전했던 말. 저 한 문장이 내 계정 아이디였다.

나의 이글이 고요의 기지에 무사히 안착한 것이다.

마이클 콜린스의 달

나는 서른세 개의 게시물을 하나씩 살펴보았다.

특별히 눈에 띄는 것 없는, 소소한 일상에 관한 사진과 글들이었다. 길가에 핀 이름 모를 꽃과 연보랏빛 노을, 만화 캐릭터가 그려진 티셔츠 그리고 무지개 케이크 한 조각.

산더미처럼 쌓인 문제집 사진에 '여름방학 선물'이라고 적혀 있어서 고요의 바다가 고등학생이라는 것을 짐작할 수 있었다. 그러나 이우연은 아닌 것 같았다. 게시물의 전체적인 분위기를 보아 남자아이보다는 여자아이일 확률이 높아 보였다. 그때 새로운 메시지가 도착했다.

▷ WHO ARE YOU?

고요의 바다였다. 나는 이런 상황을 대비해 미리 생각해 두었던 답변을 보냈다.

▸ 아이디를 고요의 바다로 하고 싶었는데 이미 사용 중이더라고요.

▸ 무슨 계정인지 궁금했어요.

곧바로 답장이 날아왔다.

▹ 아하, 그럴 것 같았어요. 나한테 팔로우 요청하는 사람들 대부분이 그 이유거든요. 그냥 평범한 계정인데.

▹ 그래도 한국 사람은 오랜만이네요.

▹ The eagle has landed, 닐 암스트롱이 한 말이죠?

고요의 바다가 보낸 메시지가 연이어 도착했다.

▸ 네, 맞아요.

▹ 달에 관심이 많나 봐요.

▸ 꿈이 우주비행사거든요.

이건 결코 미리 생각해 둔 대답이 아니었다. 정말로 손가락이 제멋대로 움직였다. 나는 내가 쓴 메시지를 보며 헛웃음을 터트렸다. 세상에, 우주비행사라니.

▷ 우와, 진짜 멋져요!

▶ 그냥 꿈인데요, 뭘. 지금은 평범한 고등학생이에요.

▷ 태어나서 두 번째로 봐요. 꿈이 우주비행사인 사람. 그리고 나도 고등학생이에요.

▶ 문제집 사진 보고 짐작은 했어요. 난 1학년이에요.

▷ 나랑 똑같네요! 다른 팔로워들은 나이가 좀 많은 편이거든요. 나보다 어린 러시아 애가 한 명 있긴 하지만……. 그래서 말인데, 우리 친구 할래요?

대화를 나눌수록 확신이 들었다. 고요의 바다는 고요가 아니다. 고요일 리가 없다.

▶ 네, 좋아요.

▷ 좋아라고 해야지!

메시지에서 목소리가 들리는 것 같았다. 고요의 바다는 아이디와는 반대로 아주 쾌활하고 호기심이 많은 아이였다.

▶ 근데, 네 아이디는 왜 고요의 바다야? 특별한 의미라도 있어?

▷ 내 생일이 7월 20일이거든. 나는 잘 몰랐었는데, 누가 가르쳐 줬어. 내

가 태어나서 처음으로 본, 우주비행사가 꿈이었던 사람이.

7월 20일이라면 달 착륙선 이글이 고요의 바다에 착륙한 날이었다. 나는 무지개 케이크 사진의 업로드 날짜를 찾아보았다. 역시나 7월 20일이었다.

▷ 앞으로 수리라고 불러도 돼?
▶ 수리?
▷ 응, 본명을 밝히는 건 좀 부담스러울 테니까. 그렇다고 이글이라고 부르는 것도 웃기고. 이글이 우리말로 수리잖아.
▶ 그래 좋아. 그럼 난 고요라고 부를까?
▷ 아니, 바다가 좋겠어. 고요는 좀 이상하잖아.

그러면서 이번 주는 시험 기간이라 조금 바쁠 것 같다고 했다. 나도 마찬가지긴 했다. 대부분의 학교가 이맘때쯤 중간고사를 보니까. 바다는 다음 주에 또 이야기하자며 대화를 마무리지었다.

나는 조금 긴장한 채로 바다의 팔로워 목록을 살펴보았다. 나를 비롯한 열한 명의 팔로워들은 고요의 바다를 팔로우하고 있다는 것을 제외하면 그 어떤 공통점도 없어 보였다. 심지어 일곱 명이 외국인이었는데, 이름도 어려운 리투아니아 할머니도 있었고 루나 2호라는 아이디의 러시아 소년도 있었다. 루나 2호는 아폴로 11호보다 10년이나 먼저 달에 도달한 소련의 무인 우주선이다.

그리고 마지막으로 눈에 띈 아이디.

moon_of_michael_collins

나는 검은색 고양이 프로필을 눌렀다. 계정 주인은 한국인이었다. 마흔아홉 개의 게시물이 있었고 절반 정도가 아폴로라는 이름의 검은 고양이 사진이었다. 간혹 아폴로를 그린 그림도 보였다. 첫 번째 게시물은 2년 전이었는데, 종이 상자에 들어 있는 새끼 고양이 시절의 아폴로였다.

아폴로는 공원에 사는 길고양이 같았다. 그런데 아폴로 뒤로 보이는 공원 풍경이 익숙했다. 초롱불 모양의 가로등, 검은색 테두리의 나무 벤치. 나는 작년 겨울에 올라온 아폴로 사진의 한 귀퉁이를 크게 확대해 보았다. 대나무숲 앞, '사색의 숲'이라고 적힌 푯말이 눈에 들어왔다. 더는 확인해 볼 필요가 없었다. 이곳은 우리 집에서 5분 거리에 있는 달빛공원이었다.

나는 인터넷 검색창에 마이클 콜린스를 쳐 보았다. 팝스타나 영화배우, 혹은 소설가일 줄 알았는데, 놀랍게도 마이클 콜린스는 아폴로 11호의 조종사였다. 달 착륙과 관련해서 내가 읽었던 문서에는 마이클 콜린스라는 이름이 없었는데.

내가 읽었던 문서들을 다시 한번 꼼꼼히 읽어 보았다. 어이없게도, 마이클 콜린스의 이름은 거의 모든 문서의 첫머리에 분명하게 기록되어 있었다. 다만 달 착륙 순간에 그 이름이 등장하지 않기 때문에 눈여겨보지 않았던 것이다.

아폴로 11호의 탑승자는 닐 암스트롱, 버즈 올드린, 그리고 마이클 콜린스까지 모두 세 사람이었다. 그러나 앞의 두 사람과는 달리 마이클 콜린스는 달에 착륙하지 못했다. 사령선의 조종사였던 마이클 콜린스는 암스트롱과 올드린이 달에 발자국을 남기는 동안 우주선에 홀로 남아 달의 궤도를 비행했다. 그는 48분 동안 지구와도 교신이 끊긴 채, 오롯이 혼자서 달의 뒷면을 바라보았다고 한다.

달을 눈앞에 두고도 발을 내디딜 수 없었던 마이클 콜린스. 이 우연이 미술 시간에 그렸던 달의 뒷면.

게시물 중에는 아폴로를 그린 듯한 노트 낙서도 있었는데, 자세히 보니 사진 모서리에 초록색 공룡이 달린 샤프가 반쯤 걸려 있었다.

드디어 중간고사가 끝났다.

금요일 저녁부터 토요일 오후까지, 나는 침대에만 누워 있었다. 해 질 녘이 다 되어서야 기지개를 켜며 거실로 나왔다.

"허리도 안 아파?"

엄마가 물 한 컵을 건네며 물었다.

"안 아파. 이제 겨우 열일곱이잖아!"

"아이고, 좋으시겠네요."

엄마가 가볍게 눈을 흘겼다.

"날씨도 좋은데, 공원에 산책이라도 갈까?"

"귀찮아."

나는 고개를 저으며 물컵을 싱크대에 담그다가 황급히 정정했다.

"아니, 갈래. 지금 바로 갈래!"

엄마가 별일이라는 듯이 나를 힐끗 쳐다보았다. 나는 곧장 방으로 가서 옷을 갈아입고 나왔다.

주말의 달빛공원엔 가족 단위의 방문객이 많았다. 비눗방울을 쫓아다니는 어린아이들, 자전거를 함께 타는 아빠와 딸, 작은 돗자리 위에 나란히 앉은 할머니와 손자. 오래된 그림처럼 평화로운 순간들이었다.

따로 마련된 산책로에는 다스베이더의 헬멧 같은 모자로 햇빛을 가린 아주머니들이 줄지어 지나갔다.

"우리는 저쪽으로 가자."

나는 사색의 숲을 가리키며 엄마의 팔을 잡아끌었다.

"강바람이 쌀쌀할 텐데."

엄마가 점퍼의 옷깃을 여몄다. 숲길로 들어서자 대나무가 바람에 흔들리는 소리가 잔잔하게 흘렀다.

"파도 소리 같다."

"그러네. 근데 너, 아까부터 뭘 그렇게 찾아?"

"내가? 아닌데."

나는 고개를 가로저으면서도 계속해서 주위를 두리번거렸다.

"어머, 나비야. 이리 온."

엄마의 손짓에 주황색 길고양이 한 마리가 살며시 대나무 사이에서 걸어 나왔다.

"아이, 예뻐라."

기분이 좋아진 고양이가 엄마의 손을 핥았다. 이 공원의 고양이들은 사람을 경계하지 않는다. 눈이 마주쳐도 도망가지 않고 손짓을 하면 스스럼없이 다가온다. 그래서 내가 한 발짝 뒤로 물러섰다.

나는 아주 작은 동물도 무서워해서 지금껏 한 번도 반려동물을 키워 본 적이 없다. 새끼 강아지나 고양이를 보면 너무 귀여워서 꼭 안아 주고 싶지만, 실제로는 털끝 하나 만지지 못한다. 가까이 다가설 수 없어도 좋아할 수는 있다. 손끝 하나 닿지 못해도 마음은 닿을 수 있다고 생각한다.

"아무것도 못 줘서 미안하네."

고양이가 괜찮다는 듯이 야옹, 하고 울었다. 나는 고양이의 모습이 완전히 사라질 때까지 엄마의 등 뒤에서 손을 흔들어 주었다.

"시험 잘 쳤는지 왜 안 물어봐?"

숲의 반환점을 돌아서면서 엄마에게 물었다.

"잘 쳤겠지. 열심히 했잖아."

엄마가 별로 궁금하지 않다는 듯이 말했다.

"못 쳤는데."

"열심히 했으니까, 괜찮아."

엄마는 예전부터 내 성적에 크게 관여하지 않았다.

"아무래도 머리가 나쁜 것 같아."

"생산자 앞에서 제품 탓을 하다니, 너무한 거 아니야?"

엄마가 내 귀를 살짝 잡아당겼다.

"이 성적으로는 좋은 대학 못 가."

"원래 좋은 대학에 가는 사람보다 못 가는 사람이 훨씬 많아."

"왜 나는 못 가는 사람일까? 난 내가……."

숲길의 가장자리를 따라 세워진 가로등에 불이 켜졌다.

"나는 내가 좀 심심해, 엄마."

"심심하다니?"

"그냥, 너무 평범하니까."

"그게 좋은 거야."

"이름이라도 좀 특이하게 지어 주지 그랬어."

나는 괜히 이름 탓을 했다. 할아버지가 유명한 철학관에 가서 지어 오셨다는 너무나도 평범한 내 이름.

"어디 보자, 성이 이씨니까 '이렇게귀여운아기가내딸이라니' 아니면 '이토록사랑스러운아기가내딸이라니'. 어떤 게 더 좋아?"

"됐어, 재미없어."

나는 얼굴을 잔뜩 찌푸렸다.

"네가 엄마 나이쯤 되면 알게 될 거야. 세상에서 가장 어려운 것 중 하나가 약간 심심할 정도로 평범한 인생이라는 거."

"치, 말도 안 돼."

"20년 뒤에 얘기하자고요."

엄마가 빙그레 웃으며 내 어깨를 툭툭 두드렸다.

시험이 끝나자, 바다는 늦은 밤 종종 내게 말을 걸어왔다.

바다는 자신의 이야기를 거리낌 없이 내게 털어놓았다. 부모님과 사이가 좋지 않아서 대학생이 되는 날만을 손꼽아 기다리는 중이라고 했다. 많은 아이들이 그렇겠지만 자신에게는 스무 살이 되어서 독립을 하는 것이 정말로 간절한 꿈이라고 했다.

▷ 아빠도 싫지만, 엄마가 더 싫어.

바다의 엄마는 바다가 대학만 가면 이혼할 거라고 입버릇처럼 말한다고 했다. 바다의 엄마는 잘 알려지지 않은 영화배우였는데, 첫 번째 영화가 끝나자마자 바다가 생겨서 본인의 의지와는 상관없이 은퇴할 수밖에 없었다고 한다. 바다의 엄마는 기분이 울적해질 때마다 바다를 원망했고 의사인 아빠는 그런 엄마를 무시했다. 바다는 어렸을 때 아빠와는 사이가 좋은 편이었지만, 지금은 아빠가 바다까지 못마땅하게 생각할 때가 많다고 했다.

▷ 엄마는 늘 아빠를 비난하고, 아빠는 늘 엄마를 비난해. 그런데 말이야, 가만히 들어 보면 두 사람의 비난 속에 내가 있어.
▶ 그게 무슨 말이야?
▷ 예를 들면 이런 거야. 우리 아빤 엄마의 예민하고 신경질적인 면을 싫어하거든. 그런데 내가 엄마를 닮아서 예민해. 그리고 우리 엄만 아빠의 무뚝뚝하고 독단적인 모습에 치를 떠는데, 나도 좀 그런 편이거든.

▷ 난 감정을 드러내는 게 어려워. 내가 입을 꾹 다문 채 엄마를 쳐다보면 우리 엄마는 진저리를 쳐. 도대체 무슨 생각을 하고 있는지 모르겠다고.

나는 바다가 보낸 문장들을 곰곰이 읽고 또 읽어 보았다.

▸ 그러니까 엄마를 닮아서 주위의 작은 변화도 금방 알아차리지만, 아빠를 닮아서 내색은 잘 하지 않는다는 거네.

바다는 잠시 말이 없었다. 주제넘은 말을 한 걸까 고민되기 시작할 즈음 바다가 다시 메시지를 보냈다.

▷ 그렇게 말하니까 아주 멋진 사람처럼 들리는데, 전혀 그렇지 않아.
▷ 나에 대한 다른 사람들의 감정이나 생각 같은 거, 알고 싶지 않은데도 저절로 알게 되거든. 피곤하고 힘들어.
▷ 그래서 그냥 전부 다 모른 척하는 거야.
▷ 아무것도 모르고 아무 일도 없었던 것처럼.

바다는 자신의 방식이 잘못됐다고 생각하는 것 같았다. 그러나 내 생각은 조금 다르다.

▶ 네가 다치지 않으려면, 네 의지와 상관없이 너한테 흘러들어 온 것들은 그렇게 다시 흘려보내는 게 맞는지도 몰라.

▶ 고이지 않고, 넘치지 않게. 너는 바다잖아.

▷ 아주 차갑고 무심한 바다지.

▶ 아주 깊고 고요한 바다이기도 하고.

고요한 바다. 내가 써 놓은 고요라는 단어를 가만히 바라보고 있는데 바다가 핑크빛 노을이 번진 바다 사진 한 장을 내게 보내 주었다.

▷ 내가 좋아하는 사진인데, 네 말 들으니까 생각났어.

▷ 너랑 이야기하면 기분이 좋아져. 오늘 아침부터 지금까지 한마디도 안 했는데.

▶ 그게 가능해?

▷ 응. 이틀씩, 사흘씩 안 한 적도 있는걸.

▶ 네가 하고 싶지 않아서 안 하는 거야?

▷ 그런 것도 있고, 굳이 말을 건네는 사람이 없기도 하고.

▷ 내가 왕따인 거 들켜 버렸네.

채팅창 속의 바다와 현실의 바다 사이에는 약간의 거리가 있는 것 같았다. 바다는 누군가와 가까워지는 것이 무섭다고 했다. 바다에게 가까워진다는 건 언젠가는 멀어진다는 의미였다. 초등학교 시절, 바다의 책상에 나쁜 말이 잔뜩 적힌 적이 있었는데 범인을 잡고 보니 바다와 가장 친했던 친구였다고 한다. 눈물만 뚝뚝 흘리고 있던 바다를 대신해 낙서를 깨끗이 지워 주었던 친구였다. 그 뒤로 바다는 자신을 지킬 단단한 벽을 세웠다. 이제는 누가 자신에게 약간의 관심만 보여도 눈앞이 아찔해지는 기분이라고 했다.

교실에서 하루 종일 말없이 앉아 있을 바다를 상상해 보았다. 나는 얼굴도 모르는 이 아이가 이우연처럼 느껴지기도 했고 고요처럼 느껴지기도 했다.

▶ 외롭진 않아?

물고 나서야 알았다. 고요의 뒷모습을 바라볼 때마다, 이우연의 옆얼굴을 바라볼 때마다 왠지 모르게 마음이 쓰이던 이유를.

▷ 외로운 건 참을 만해. 근데,
▷ 재미가 없어.

생략된 주어가 무엇인지, 말하지 않아도 알 것 같았다.

▶ 나는 내가 재미없는데.

나는 잔뜩 풀이 죽은 표정의 이모티콘을 보냈다.

▷ 나는 엄청 재밌는데. 네가.
▶ 나한텐 누구한테 들려줄 만한 이야기가 없어. 정말 하나도.
▷ 그건 재미없는 게 아니라 평화로운 거야. 좋은 거지.

빙그레 미소가 지어질 만큼 고마운 말이었다. 그러나 바다의
말은 내 가슴까지 와닿지는 못했다. 현실의 내가 그렇지 않으니
까. 나는 나를, 조금도 그렇게 생각하지 않으니까.

"아무리 봐도 고요는 아니야."
지아가 고개를 절레절레 흔들며 말했다.
"뭐가?"
"정후 말이야, 고요를 바라보는 눈빛에 영혼이 없어."
눈을 가늘게 뜬 지아가 살짝 옆으로 흘러내린 가방끈을 고

쳐 멨다.

"뭐야, 그게."

나는 피식 웃었다.

"진짜라니까. 나 못 믿어?"

지아는 눈치가 아주 빨랐다. 누가 거짓말이라도 하면 단번에
알아챘다. 그래서 지아가 가끔 어처구니없는 말을 해도 마냥 무
시할 수만은 없었다.

"그래서, 하고 싶은 말이 뭔데?"

"그냥, 그렇다고."

지아가 능청스러운 얼굴로 어깨를 으쓱였다.

"저기요, 제가 한정후 전문가로서 말씀드리는 건데요."

정후의 눈빛만큼은 지아보다 내가 더 잘 안다고 자부할 수
있었다. 칠판보다 더 자주 바라보는 것이 정후의 옆얼굴이었으
니까.

"그날 도서관에서 고요 이야기를 하는 정후의 눈을 네가 봤으
면 그런 말이 안 나올 거야."

지아가 인정할 수 없다는 듯이 아랫입술을 삐죽였다.

"몰라, 어쨌든 난 반대야. 아무리 똑똑하고 예쁘면 뭘 해. 성격
이 그 모양인데."

고요가 조금 지나친 부분이 있는 건 사실이지만, 그건 다가오

지 말라는 고요의 경고를 무시했을 때의 이야기였다. 고요가 먼저 문제를 만든 적은 한 번도 없었다.

"난 그렇게 한번 살아 보고 싶은데."

지아가 황당하다는 얼굴로 나를 빤히 바라보았다.

"이수현, 혹시라도 누가 은고요랑 바꿔 준다고 해도 절대로 바꾸지 마. 알았어?"

"왜? 이게 웬 떡이냐 하고 바로 바꿀 것 같은데."

"안 돼! 나는 이수현 베프지, 은고요랑은 친구 못 해."

"너한테는 잘해 줄게."

나는 선심이라도 쓰듯 지아의 어깨를 툭툭 두드렸다.

"됐거든. 나한테만 잘해 주는 은고요보다 지금 내 눈앞의 이수현이 백만 배는 더 좋거든."

지아가 콧방귀를 뀌며 내 손을 밀쳐 냈다. 지아는 가끔 낚시꾼 같을 때가 있다. 내 마음이 가라앉아 있으면 귀신같이 알고 수면 위로 올려 주는 솜씨 좋은 강태공.

"얼마면 돼. 버블티 몇 잔이면 되냐고."

나는 지아의 팔짱을 끼며 물었다.

"이 정도면 적어도 석 잔 값은 되지 않겠어?"

지아가 손가락 세 개를 들어 보였다. 그러다 내 옆구리를 쿡 찌르며 웃었다.

"가자, 내가 쏜다."

바람이 서늘했다. 얼음이 가득 든 버블티를 마시며 집으로 걸어갈 날도 이제 얼마 남지 않은 것 같았다.

음악 수행평가는 서양 음악사 발표였다. 조별 과제라는 말에 여기저기서 탄식이 터져 나왔다.

"조용, 공정한 팀 배정을 위해 랜덤으로 돌릴 거야."

음악 선생님이 핸드폰과 교실 TV 화면을 연동시켰다. 빨간색 뽑기 상자 위로 시작 버튼이 깜빡였다. 선생님이 버튼을 누르자 상자 안의 구슬들이 무작위로 움직였다. 한 개씩 밖으로 튀어나온 구슬이 풍선처럼 뻥 터지더니 이름이 나타났다. 그렇게 순서대로 네 명씩, 일곱 개의 조가 만들어졌다.

은고요, 박채희, 최세나, 이수현.

일부러 만들기도 힘든 조합이었다. 조장은 채희가 맡기로 했다. 그날 저녁, 채희가 단체 채팅방을 만들었다.

— 일단 각자 조사를 해 와서 하나로 통합하는 게 어때?

세나가 먼저 의견을 냈다.

— 그러면 주제가 서로 중복될 수도 있고 아예 비는 부분도 생기지 않을까?

채희는 자존심이 세고 호불호가 분명한 성격이었지만, 똑 부러

지고 통솔력이 좋았다. 부지런하고 열정이 넘치는 타입이라 같은 편이면 더없이 든든한 그런 아이였다.

— 우선 내가 오늘 밤까지 주제를 대충 잡아 볼게. 그걸 세분화해서 한 파트씩 조사해 오면 될 것 같아.

채희가 한마디 덧붙였다.

— 그리고 혹시 발표하고 싶은 사람 있어?

— 난 자신 없어. 발표할 때마다 목소리가 새끼 염소처럼 떨려서 말이야.

세나가 먼저 대답했다. 나도 재빨리 메시지를 보냈다.

— 나는 새끼 양.

— 알겠어, 그럼 발표는 내가 할게.

채희는 마치 우리 조가 세 명인 것처럼 말했다. 나는 분위기를 살피다가 조심스럽게 물었다.

— 근데 고요는?

— 알아서 하겠지.

글자에서도 채희의 퉁명스러움이 느껴졌다.

— 내가 아까 채팅방 만든다고 했잖아. 그럼 자기도 앱을 깔든지, 아니면 적어도 나한테 물어보기라도 해야 할 거 아냐.

— 맞아, 우리가 먼저 챙겨 줄 필요 뭐 있어. 똑똑하니까, 알아서 잘하시겠지.

고요에게 초콜릿을 선물했다가 거절당한 적이 있는 세나 역시 한껏 비꼬는 투로 말했다.

— 그럼 내가 따로 전달할게.

이건 조별 과제였다. 고요가 아무리 똑똑하다고 해도, 절대 혼자서는 할 수 없는 과제였다.

— 뭐 하러. 네가 은고요 시녀도 아니고.

세나의 말에 기분이 상했지만, 내색하지는 않았다. 내 기분이 나쁜 것보다 분위기가 어색해지는 것이 더 싫었다.

— 그게 아니라, 그럼 고요는 아무것도 안 하고 우리랑 같은 점수를 받는 거잖아.

용기가 없는 사람은 쉽게 비겁해진다. 지금의 나처럼.

— 아니야. 우리 언니가 그러는데 음악 샘, 무임승차하는 애들한테는 0점도 주신대.

채희는 고요와 같은 조가 된 것이 기회라고 생각하는 것 같았다. 무슨 짓을 해도 태연하기만 한 고요를 괴롭게 만들 수 있는 절호의 기회.

고요에게 가장 중요한 것은 성적이었다. 채희는 그런 고요에게 0점을 안겨 주는 것으로 지난봄의 복수를 하려는 모양이었다. 채희 못지않게 고요를 싫어하는 세나는 채희의 계획에 암묵적인 동의를 표하고 있었다.

이건 분명 잘못된 상황이었다. 그런데도 나는 두 사람에게 맞서지 못했다. 채희의 비뚤어진 의도보다 내 비겁함이 더 최악이었다.

나는 이틀 동안 안절부절못하다가 고요에게 문자를 보냈다.

— 음악 수행, 어떻게 할 생각이야?

답장이 오지 않을 수도 있다고 생각했는데, 잠시 후 메시지 수신음이 울렸다. 나는 서둘러 문자메시지를 확인했다.

— 너희들끼리 이미 다 끝냈잖아.

고요는 대충의 상황을 짐작하고 있었다.

— 음악 선생님, 0점도 주신대.

— 내 일은 내가 알아서 할 테니까, 신경 쓰지 마.

— 조사해 놓은 거 있으면 지금이라도 나한테 보내 줄래? 내가 채희한테 말해 볼게.

고요에게서 아무런 대답이 없었다. 좀 더 설득해 보려고 문자를 쓰고 있는데, 답장이 도착했다.

— 네가 뭔데?

나는 말문이 턱 막히고 말았다.

— 왜 내가 너희한테 점수를 구걸해야 하지?

얼굴이 화끈 달아올랐다. 고요의 말이 맞았다. 이건 고요의 잘못이 아니었고 고요가 먼저 손 내밀지 않았다고 비난할 일도 아니었다.

— 그리고 너처럼 이쪽저쪽 눈치 보면서 착한 척하는 애들.

나는 할 수만 있다면 다음 문자를 받고 싶지 않았다. 그러나 피할 새도 없이 고요의 문자가 눈앞으로 날아들었다.

— 진짜 재수 없어.

그 말이 비수처럼 가슴에 꽂혔다. 너무 아프고 부끄러웠다. 그렇지만 섭섭하고 억울한 마음도 들었다. 나는 고요를 도와주고 싶었다. 그럴 만한 용기가 없었을 뿐이다. 용기라는 것이 노력한다고 해서 생기는 건 아니었다.

차라리 가만히 있을 걸 그랬다. 노력하면 할수록 오히려 나의 보잘것없음만 깨닫게 됐다. 그건 내가 겁쟁이라는 사실보다 더 비참하고 견디기 힘든 일이었다. 나는 밤새도록 어깨를 들썩이며 울었다.

고요는 우리와 같은 점수를 받았다. 그리고 채희는 우리 세 사람이 조사한 것과 전혀 다른 내용의 발표를 했다. 우리가 한 것보다 훨씬 더 완벽하게 정리된 자료를 덧붙여 가면서. 어떻게 된 일이냐고 물었더니, 발표 하루 전날 고요로부터 자료를 받았다고 했다. 어떤 것으로 발표할지는 네 마음대로 하라는 메시지와 함께.

고요는 오로지 자신의 힘으로 정정당당하게 본인의 몫을 가져

갔다. 처음부터 내가 어쭙잖게 나설 일이 아니었다.

나는 왜 이 정도밖에 안 되는 걸까.

나는 내가 시시하다.

나는 내가 재미없다.

나는 내가 별로다.

나는 사실,

내가 참 싫다.

검은 고양이 아폴로

머릿속이 복잡할 때는 그저 아무 생각 없이 걷는 것이 최고였다. 나는 우유 한 팩과 쿠키, 손수건 한 장이 든 작은 가방을 메고 공원으로 나갔다. 이른 시간이라 일요일인데도 사람이 거의 보이지 않았다.

공원에는 모두 일곱 개의 산책 코스가 있다. 나는 곧장 사색의 숲으로 들어갔다. 무엇을 찾고 싶은지 생각하기도 전에 발걸음이 먼저 그리로 향했다. 30분 정도 걸었는데 그다지 피로감이 느껴지지 않았다. 반환점을 찍고 반대 방향으로 한 번 더 걸어야겠다고 생각했다.

침대에서 꼼짝도 하기 싫을 만큼 우울했는데, 어제저녁부터 조금씩 기분이 나아지기 시작했다. 특별한 이유가 있었던 것은 아니다. 몸에 난 상처가 시간이 지나면 아물듯 마음의 상처 역시 그런 것 같았다.

저 멀리 반환점 표지판이 보였다. 그 뒤로는 출입 금지 구역이었다.

"야옹."

깜짝 놀란 나는 제자리에 멈춰 섰다. 고양이가 갑자기 달려들면 어쩌나 가슴이 두근두근 뛰었다.

"야옹."

소리가 나는 쪽으로 천천히 고개를 돌려 보니, 검은색 고양이 한 마리가 대나무 아래 앉아 있었다. 칠흑처럼 새카만 털에 밝은 연둣빛 눈동자. 매일 밤 사진으로만 봤던 아폴로였다.

"아폴로!"

아폴로가 제 이름을 알아들었는지 귀를 쫑긋거리며 자리에서 일어섰다.

"아니야, 아니야! 가까이 오라는 뜻은 아니었어."

내가 발을 동동거리자 아폴로가 사람처럼 고개를 갸웃거렸다.

"앉아. 거기 그대로 앉아 줘, 제발!"

아폴로가 혓바닥을 날름거리며 다시 바닥에 앉았다.

"그렇지, 바로 그거야."

"야옹."

이내 옆으로 드러누운 아폴로가 꼬리를 살랑살랑 흔들었다.

"너 정말 예쁘게 생겼구나."

나는 조금 떨어진 곳에 쪼그리고 앉아 아폴로를 가만히 바라보았다. 자세히 보니 왼쪽 눈에 조금 더 노란빛이 돌았다. 사진으로는 알지 못한 점이었다.

"나, 이우연이랑 같은 반이야. 자리도 가까워. 바로 옆이거든."

이우연은 그저께도 아폴로의 사진을 SNS에 올렸다.

"네 친구 있잖아, 얼굴이 하얗고 안경 쓴 남자애. 그 애가 이우연이야. 널 아주 잘 그려."

이우연이 직접 그린 그림을 SNS에 올린 것은 작년 가을이 마지막이었지만 그 이야기는 하지 않았다. 나는 핸드폰을 꺼내 사진 한 장을 찍었다. 아폴로는 익숙하다는 듯 별다른 반응을 보이지 않았다.

"반가웠어. 그럼 또 보자!"

내가 자리에서 일어서자 아폴로도 몸을 일으켰다.

"아니야, 넌 여기서 쉬어."

"야옹."

아폴로가 자꾸만 혀를 날름거렸다. 뭐지, 배가 고프다는 뜻인가. 참, 우유 가져온 게 있었지.

나는 가방에서 우유를 꺼내 입구를 뜯었다. 단숨에 절반 가까이 꿀꺽꿀꺽 마신 다음, 우유갑의 윗부분을 조심스럽게 찢었다.

"짠! 그럴듯하지?"

나는 네모난 그릇이 된 우유갑을 아폴로 앞에 살며시 내려놓았다. 그러자 아폴로가 우유를 핥기 시작했다.

"천천히 먹어."

나는 아폴로의 사진을 한 장 더 찍었다.

"야옹."

우유를 다 마신 아폴로가 몸을 돌리더니 대나무 사이로 유유히 사라졌다. 뒤도 돌아보지 않는 게 조금 야속하긴 했지만 기분이 좋았다. 나는 방금 찍은 사진을 내 비밀 SNS에 올렸다. 해시태그는 달빛공원, 사색의 숲, 검은 고양이.

그날 저녁, 마이클 콜린스의 달로부터 메시지가 도착했다. 그러니까 이우연이 보낸 메시지였다.

▷ 사진 속 고양이한테 우유 줬어요?

어쩌면 이우연이 볼지도 모른다고 생각했지만, 먼저 메시지까지 보낼 줄은 몰랐다. 교실에서의 이우연을 떠올려 보면 먼저 말을 거는 모습은 상상조차 되지 않았다.

▶ 네. 배가 고픈 거 같아서요.

▷ 고양이한테 사람 우유를 주면 어떡해요.

▶ 그러면 안 돼요?

▷ 당연하죠. 고양이는 사람 우유를 먹으면 설사를 한다고요.

▶ 고양이를 안 키워 봐서 잘 몰랐어요…….

아폴로가 아플지도 모른다는 말에 가슴이 덜컥 내려앉았다.

▷ 그 정도는 우유를 주기 전에 검색해 볼 수도 있잖아요.

이우연은 화가 난 것 같았다. 아기 때부터 소중히 돌봐 온 고양이였으니 그럴 만했다.

▶ 내 생각이 짧았어요. 미안해요.

▷ 아뇨, 나한테 미안해할 일은 아니죠.

이우연이 조금 누그러진 말투로 말했다.

▷ 아폴로예요, 고양이 이름.

긴장이 풀리며 피식, 웃음이 새어 나왔다. 나는 진심을 담아 다음 말을 썼다.

▸ 아폴로한테, 너무너무 미안하다고 전해 주세요.

쓰고 나니 약간의 의문이 들었다. 바다를 팔로우하고 있는 이우연이 내 계정을 본 건 그렇게 이상한 일이 아니었지만, 어떻게 아폴로를 한눈에 알아봤을까. 내가 올린 사진은 역광인 탓에 눈동자 색도 잘 보이지 않았다.

▸ 근데 어떻게 아폴로인 줄 알았어요?
▹ 꼬리만 봐도 알아요. 오랫동안 봤으니까.
▸ 우와, 대단하네요.
▹ 농담이에요. 그 공원에 검은 고양이는 아폴로 하나뿐이거든요.

이우연과 농담이라니. 묘한 조합이었다. 교실에서는 절대로 볼 수 없는 이우연을 만났다는 생각에 콧잔등이 간질간질해졌다.

▸ 피드 구경하고 왔어요. 그림은 직접 그린 거예요?
▹ 이젠 안 그려요.
▸ 왜요?

한참 만에 이우연의 대답이 돌아왔다.

▷ 작년에 예고 시험 쳤다가 떨어졌어요.

예고에 가려고 했었구나.

▶ 그럼 고1? 나랑 동갑이네요. 말 편하게 해도 될까요?
▷ 네. 아니, 응.

그런데 왜 그림을 안 그린다는 걸까? 며칠 전에도 노트 귀퉁이
에 낙서하고 있는 걸 봤다. 나는 이우연의 피드에 있는 그림들을
다시 한 장 한 장 자세히 살펴보았다.

▶ 예전에 올려 둔 그림들은, 색연필로 그린 거야?
▷ 대부분은. 새끼 고양이 시절은 파스텔로 그린 게 더 많고.

재료의 차이를 알아보는 눈은 없지만, 느낄 수는 있었다. 얼마
나 깊은 애정을 담아 그린 그림인지.

▶ 표정이 달라.

▷ 표정?

▶ 아폴로의 표정. 이런 얼굴로 너를 바라보는구나.

이우연이 찍은 사진 속에서도 아폴로는 그림과 똑같은 눈빛으로 카메라를 응시하고 있었다. 내가 오늘 낮에 본 아폴로와는 미묘하게 어딘가 달랐다. 나는 그런 아폴로를 바라보는 이우연의 얼굴을 머릿속에 그려 보았다.

▶ 널 진심으로 믿고 있는 것 같아.

▷ 그야 갓 태어났을 때부터 지켜봐 왔으니까.

이우연이 별일 아니라는 듯이 말했다. 내가 어깨를 살짝 움츠렸을 때도 그랬다. 무심한 얼굴로 일어서서는 창문을 닫아 주었던 그때. 나는 아폴로가 어떻게 그런 눈빛으로 이우연을 바라보는지 조금은 알 수 있을 것 같았다.

▶ 시간이 전부는 아니었을 거야.

▷ 글쎄. 아폴로는 사람을 아주 좋아하는 고양이야. 아마 세 번쯤 마주치고 나면 저 얼굴로 너를 바라보고 있을걸.

▶ 아니, 나는 그렇게 믿음직한 사람이 못 돼.

이상하게도 나는 지아에게도 하지 못했던 이야기를 이우연에게 털어놓고 말았다. 용기를 내고 싶지만, 지레 겁을 먹고 결국엔 비겁해지고 마는 나에 대해서.

▷ 대부분 그렇지 않을까.

이우연은 섣부른 위로 대신 그렇게 말했다.

▷ 비겁한 게 아니라 평범한 거야.
▷ 모두가 슈퍼맨일 수는 없잖아.

나는 창밖을 바라보며 생각했다. 슈퍼맨이 되고 싶은 게 아니다. 그렇게까지 특별해지고 싶은 마음은 없다. 드넓은 백사장에는 예쁜 조개껍데기도 있고 바다에서 떠밀려 온 미역 줄기도 있다. 그리고 헤아릴 수 없이 수많은 모래알이 있다. 나는 그저 조금이라도 반짝이는 모래알이 되고 싶은 것뿐이다. 신발 끈을 안 풀리게 묶는다거나 지도가 필요 없을 만큼 방향감각이 좋다거나 가위바위보 승률이 유난히 높다거나, 이렇게 아주 사소하게 반짝이는 것만으로 충분한데.

그러나 나에게는 그마저도 없었다. 그 작은 반짝임 하나가.

스탠드의 불을 끄고 침대에 누웠다. 아무것도 보이지 않는 새카만 천장을 가만히 올려다보다가 옆으로 살짝 돌아누운 순간, 짧은 진동과 함께 핸드폰 화면에 불이 반짝 들어왔다.

▷ 고양이 좋아해?

바다도 아폴로의 사진을 봤나 보다.

▶ 응. 우리 동네 공원에 사는 길고양이인데, 실제로 보면 양쪽 눈 색깔이 약간 달라.
▷ 위험하지 않아? 혹시라도 물거나 그러면.
▶ 아닐 거야. 사람을 아주 좋아하는 고양이래. 난 오늘 처음 만났지만, 걔를 오랫동안 돌봐 온 사람이 말해 줬어.
▶ 그리고 난 좋아하는 만큼 무서워하기도 해서, 가까이 다가가서 만지거나 그러진 못해.

잠시 말이 없던 바다가 물었다.

▷ 좋아하는데 무섭다고?

▶ 응.

▷ 만지지도 못하는데 먹을 걸 주고?

▶ 응. 근데 내가 잘 몰라서 우유를 줬어. 고양이한테 우유를 주면 안 된
대. 그래서 마음이 안 좋아. 제대로 알아보지도 않고 챙겨 주고 싶다는 생각
만 앞서서…….

▷ 이해가 잘 안 돼. 만지지도 못하는데 챙겨 주고 싶은 마음이 들어? 왜?
길고양이니까, 가여워서?

아폴로가 불쌍하고 안쓰럽다는 생각이 든 적은 없었는데. 그
냥 맛있게 먹는 모습을 보니 좋았을 뿐이다.

▶ 가여워서가 아니라, 그냥 주고 싶었어.

▶ 마침 나한테 먹을 게 있었고, 내가 해 줄 수 있는 거였으니까.

바다가 입력 중이라는 문구가 떠올랐다가, 지워졌다가, 다시
떠올랐다.

▷ 난 말이야,

▷ 영영 챙겨 줄 수 있는 게 아니라면, 처음부터 마음을 주지 않는 게 낫

다고 생각해.

어쩐지 바다의 말투가 평소와 조금 다르게 느껴졌다. 바다는 이제 자야겠다며 인사를 하더니 로그아웃해 버렸다.

밤의 그림자가 썰물처럼 밀려난 이른 아침, 지아의 메시지가 도착했다. 응급실에 누워 있다며 링거 바늘이 꽂힌 손등 사진을 함께 보냈다. 어젯밤부터 조금씩 열이 나더니 새벽녘이 되자 40도가 넘게 올랐다고 했다. 지금은 해열 주사를 맞고 괜찮아졌지만, 오늘 하루는 결석해야 할 것 같다고 했다.

아직 30분 정도 더 잘 수 있었지만 잠이 올 것 같지 않았다. 나는 창문을 덮고 있는 커튼을 활짝 걷었다. 잠시 푸른 새벽빛을 바라보다가 욕실로 들어가 등교 준비를 했다.

아이들이 없는 학교는 정말로 고요하다. 내 발걸음 소리가 복도 가득 울려 퍼졌다. 오늘은 내가 일등이지 않을까 살짝 기대했는데, 교실 문을 연 순간 고요의 책상 앞에 서 있는 이우연과 눈이 마주쳤다. 나는 아랫입술을 꾹 깨물었다. 하마터면 인사를 건넬 뻔했기 때문이다.

"오해하지 마. 내가 이런 거 아니야."

이우연이 미리 옆에 가져다 둔 쓰레기통에 모아 놓은 쓰레기를 버리면서 말했다. 예전에 내가 그랬던 것처럼.

"알아."

나도 모르게 퉁명스러운 대답이 튀어나왔다. 최근 들어 고요의 책상이 깨끗하다 했더니, 치우는 사람이 따로 있었던 모양이다. 누가 알아주는 것도 아닌데. 아무도 모를 텐데.

정리를 끝낸 이우연이 교실 창문을 활짝 열었다. 이우연의 밤색 머리칼이 바람에 흔들렸다.

"매일 청소하고 있었던 거야?"

"매일은 아니고."

이우연은 대수롭지 않게 답하고는 언제나처럼 비스듬히 턱을 괸 채 핸드폰을 손에 들었다.

기분이 이상했다. 기분이 정말 이상했다. 태어나서 처음 느껴 보는 감정이었다.

담임 선생님이 지아의 소식을 간단히 전했다. 화장실에 다녀오는데, 교탁 위에 출석부가 펼쳐져 있었다. 슬쩍 훑어보니 지아의 이름과 생일 옆에 병결 표시가 되어 있었다. 우리 반 담임 선생님은 유별나게도 출석부에 일일이 생일을 적어 두는 분이었다.

나는 정후의 생일을 확인해 보았다. 바로 내 뒷번호인 정후는 알고 있던 대로 8월 27일이었다. 그리고 우연히 눈에 들어온 이우연의 생일은 11월 29일이었다. 문득 고요의 생일이 궁금해진 나는 스물여덟 개의 이름을 손가락으로 하나씩 짚어 가며 은고요를 찾았다.

"여기 있다."

고요의 생일을 본 순간, 가슴이 덜컥 내려앉았다. 고요의 생일이 7월 20일이었기 때문이다. 나는 고개를 들어 고요를 바라보았다. 감기 기운이 있는지, 교복 위에 카디건을 덧입고 손수건으로 코끝을 훔치던 고요와 잠시 눈이 마주친 것 같았다. 그때였다.

"수현아, 나 좀 도와줄 수 있어?"

스물여덟 개의 과학 스크랩북을 품에 안은 정후가 고개를 옆으로 젖히며 물었다. 스크랩북의 크기가 제각각이라 금방이라도 쓰러질 것처럼 휘청거렸다.

"응. 나눠 들까?"

"제일 위에 세 개만 좀 부탁할게."

나는 옆으로 삐쭉 튀어나온 스크랩북 한 뭉치를 나눠 들었다.

"교무실로 가면 돼?"

"아니, 과학실."

우리는 3층에 있는 과학실로 가서 1학년 9반이라고 표시된 바구니에 스크랩북을 넣었다. 정후가 허리를 숙일 때 주머니에 들어 있던 이어폰 케이스가 바닥에 툭 떨어졌다. 나는 민트색 케이스를 주워 정후에게 건넸다.

"고마워."

정후가 미소를 지으며 말했다. 왼쪽 뺨의 보조개가 아주 잠깐 그 모습을 드러냈다.

"저기, 정후야."

"응?"

"고요네 아빠가 의사 선생님이라던데, 사실이야?"

"어, 맞아. 사거리에 있는 정형외과 병원, 거기 원장님이셔."

정후가 재밌는 기억이 떠올랐다는 듯 장난스러운 미소를 띠며 말했다.

"초등학교 때 그 병원에 처음 갔었는데, 선생님 성함이 은씨인 거야. 흔한 성은 아니잖아. 내가 우리 반에 은고요라는 애가 있다고 했더니, 선생님도 잘 아는 애라고, 본인 딸이라고 그러셨어."

"그랬구나."

나는 어색하게 웃으며 발걸음을 옮겼다.

"성도 그렇지만 고요라는 이름도 특이하지 않아? 난 지금껏 은씨 성을 가진 사람은 몇 번 봤는데, 고요라는 이름은 고요 하나뿐이었어."

7월 20일에 태어난 여자아이가 고요라는 이름을 가질 확률은 얼마나 될까.

"그게, 의미가 있는 이름이거든."

정후가 잘 알고 있다는 듯이 말했다.

"혹시 고요의 바다라고 알아? 그러니까, 달의 바다 중에 하나."

나는 가까스로 고개를 끄덕였다. 조금 전부터 엇박자로 뛰고 있던 가슴이 완전히 제멋대로 뛰기 시작했다.

"거기서 따온 이름이래. 내가 선생님께 직접 물어봤거든. 그땐 정말 이상한 이름이라고 생각했었으니까."

나는 눈을 깜빡이는 것도 잊은 채 정후의 얼굴을 빤히 쳐다보았다.

"의사 선생님 책상 위에 달 모양 스탠드가 있었는데, 선생님이 한 지점을 가리키면서 말씀해 주셨어. 달에 인간의 발자국이 남아 있는 곳이 바로 고요의 바다라고."

"고요의 바다……."

나는 가빠진 숨을 내쉬며 나지막이 중얼거렸다.

"선생님 어렸을 적 꿈이 우주비행사가 되어서 달에 가 보는 거였대. 어른이 된 이후로는 까맣게 잊고 있었는데, 고요가 운명처럼 7월 20일에 태어났다는 거야. 다른 이름은 생각조차 할 수 없었대. 아, 아폴로 11호가 달에 착륙한 날짜가 7월 20일."

"……생각했던 것보다 훨씬 더 멋진 이름이네."

나는 그만 과학실을 벗어나고 싶었다.

"잠깐만."

문을 여는데 정후가 내 머리 쪽으로 손을 뻗어 리본을 정리해주었다. 한쪽 끈이 또 꼬여 있었던 모양이다.

"고마워."

리본은 반듯하게 정리되었지만, 내 머릿속은 뒤죽박죽이었다. 팔로우 요청을 했을 때만 해도 고요의 바다가 고요일지도 모른다고 생각하긴 했다. 그렇지만 이내 아니라고 확신했고 곧이어 바다와 친구가 되었다. 내가 이수현이라는 걸 알게 되면 바다는, 아니 고요는 어떤 표정을 지을까.

바다에게선 그날 밤에도 메시지가 왔다. 어제 잠을 설친 데다 컨디션이 좋지 않아 감기 기운이 좀 있다고 했다.

▷ 이럴 땐 엄청 진한 핫초코가 최고야.

바다가 사진 한 장을 함께 보냈다. 마시멜로를 듬뿍 넣은 핫초코, 줄무늬 머그잔을 들고 있는 왼손, 그 가느다란 손목에 감긴 빨간 가죽 시계.

지금까지는 거짓말이 아니었지만, 지금부터는 거짓말이 된다. 내 의도와 상관없이.

▶ 아무것도 하지 말고 푹 쉬어. 요즘 열감기가 유행이래.

▷ 응, 노력해 볼게.

나는 처음부터 고요가 좋았다. 높은 곳에서 반짝반짝 빛나는 고요를 보고 있으면 왠지 모르게 가슴이 벅차올랐다. 하고 싶은 대로 행동하는 그 당당함이 부러웠고 절대로 무너질 것 같지 않은 그 단단한 마음을 동경했다. 그러나 높은 벽 뒤의 고요는 너무나 평범했고, 평범한 걸 넘어 애처로울 만큼 연약했다. 고요는 혼자라서 너무 외롭지만, 더는 사람들에게 상처받고 싶지 않다고 했다. 이유 있는 미움은 견딜 수 있어도 이유 없는 미움은 도저히 견딜 수가 없다고 했다. 그러나 이대로 영영 혼자일까 봐, 그게 가장 두렵다고도 했다.

▷ 수리야, 나는 너랑 멀어지고 싶지 않아.

고요는 영원히 자기 곁에 있어 달라고 하면서도 자신의 진짜 이름이나 사는 곳처럼 개인적인 정보는 절대 말하지도, 내게 묻지도 않았다.

▷ 근데…….

▷ 어쩌면 우리가 아주 가까운 곳에 있을지도 모른다는 생각이 들어.

이런 모습을 기대했던 게 아닌데. 나는 초능력을 잃어버린 슈퍼히어로를 본 것처럼 가슴이 쓰라렸다. 안쓰러움을 넘어 원망스럽기까지 했다.

▷ 네가 정말로 좋으니까,

나는 고요의 다음 메시지를 가만히 바라보았다.

▷ 우리 절대로 만나지는 말자.

궤도 이탈

평소처럼 머리를 묶고 리본을 꽂는데 툭, 하고 잠금장치가 부러졌다. 정말로 되는 일이 하나도 없구나. 나는 짜증조차 나지 않았다. 밤새 잠을 설친 탓에 온몸의 감각이 무뎌진 느낌이었다. 바람이라도 쐬면 좀 나을까 싶어 공원으로 향했다.

어쩌다 이렇게 되어 버렸을까. 나는 그저 이우연에 대해서 조금 더 알고 싶었을 뿐인데.

고요는 나를 경멸하고 바다는 내가 필요하다고 말한다. 그 애 옆에 있으려면, 나는 계속 거짓말을 해야 한다.

의도한 건 아니지만 나는 이우연 역시 속이고 있었다. 일부러 거짓말을 하지는 않았어도 그 애가 뭔가 눈치챌 만한 얘깃거리가 나오면 슬그머니 화제를 돌렸고 학교 이야기는 최대한 꺼내지 않았다. 내가 자신의 SNS 계정을 찾게 된 과정을 알게 되면 날 기분 나쁘고 소름 끼치는 애라고 생각할 것 같아서 겁이 났다.

이우연은 고요의 바다가 고요란 걸 알고 있을까. 아니면 러시아 소년처럼 단순히 고요의 아이디 때문에 팔로우 신청을 한 걸까. 나처럼 처음엔 몰랐다가 나중에는 고요라는 사실을 눈치챘을까. 그렇다면 고요는? 고요도 마이클 콜린스의 달이 이우연이라는 것을 알고 있을까. 서로가 서로임을 알고 있을까. 혹시 이우연이 고요를 좋아하고 있는 걸까. 그래서 아침마다 일찍 학교에 나와서 고요의 책상을 치워 주었던 걸까.

"수현아!"

정후였다. 파란색 볼캡을 쓴 정후가 사진으로만 봤던 털리와 함께 맞은편에서 걸어왔다.

"안녕. 강아지랑 산책 나온 거야?"

두 개의 구에 걸쳐 있는 달빛공원에서는 아는 얼굴을 마주치는 일이 종종 있었다. 정후가 털리와 함께 달빛공원에 자주 온다는 것도 SNS를 통해서 이미 알고 있었다. 만난 건 오늘이 처음이지만.

"털리가 아침잠이 없거든."

제 이야기라는 걸 아는지, 털리가 토끼처럼 깡충깡충 뛰었다.

"수현이 너는 이 시간에 웬일이야?"

"나도 그냥 산책 나왔어."

"이렇게 일찍?"

나는 고개를 끄덕였다.

"아침은 먹고 나왔어?"

"아니, 아직."

"그럼 나랑 같이 먹을래? 엄마가 샌드위치 싸 준 게 있거든."

정후가 등에 멘 가방을 가리켰다.

"그게……."

내가 당황한 사이, 정후가 근처에 보이는 테이블을 바라보며 말했다.

"저기서 먹으면 되겠다."

나는 엉겁결에 정후와 함께 테이블에 앉았다. 정후가 가방에서 분홍색 도시락과 보온병을 꺼냈다.

"혹시 안 먹는 채소 있어?"

정후가 도시락의 뚜껑을 열었다. 그러고는 샌드위치의 단면을 유심히 바라보며 말했다.

"대충 토마토, 피클, 올리브, 아보카도, 양파 정도 들어 있는 것 같아."

"다 좋아해."

"아, 할라피뇨도 한두 개 정도 들어 있을 수 있는데, 괜찮아?"

"응, 그 정도는 먹을 수 있어."

정후는 정말로 세심하고 다정하다. 누나가 아니라 형만 둘이었어도 지금과 크게 다르지 않았을 것 같다. 따뜻한 눈빛과 말투에

엉켜 있던 마음이 한결 차분하게 가라앉았다.

"진짜 맛있어. 이런 샌드위치 처음 먹어 봐."

인사치레로 하는 말이 아니라 샌드위치는 깜짝 놀랄 정도로 맛이 있었다.

"사과잼이야."

"응?"

"우리 엄마 샌드위치의 비법."

정후가 콧잔등을 찡그리며 웃었다.

"이것도 마셔 봐. 허브차 종류인데, 맛이 좋아."

정후가 짙은 황금빛을 띠는 차를 따라서 내게 건넸다.

"괜찮아. 너 마셔."

"아니, 맛만 보라고. 맛만."

정후가 장난스러운 표정을 지었다. 나는 픽 웃으며 차를 한 모금 마셨다. 맑고 깨끗한 꽃향기가 느껴졌다.

"앗."

작은 종달새 한 마리가 날아와 테이블 위에 앉았다. 정후가 조심스럽게 핸드폰을 꺼내 사진을 찍었다. 고개를 이리저리 갸웃거리던 종달새가 도시락 옆에 떨어진 빵 부스러기를 쪼아 먹기 시작했다. 우리는 잠시 숨을 죽인 채 종달새의 아침 식사를 지켜보았다.

"멍!"

정후 옆에 앉아 있던 털리가 테이블을 향해 짖자 놀란 종달새가 파르르 날아올랐다. 그 모습을 지켜보던 정후가 나지막한 목소리로 말했다.

"저 종달새, 내가 좋아하는 애랑 닮았어."

정후가 자기 입으로 처음 '좋아하는 애'라고 말했지만, 내 마음은 담담했다.

"엄청 예쁜가 보구나."

"응, 예뻐. 예쁜데……."

정후가 조금 쑥스럽다는 듯이 웃었다.

"내가 가까이 다가서면 저렇게 휙 날아가 버릴 거 같아."

정후의 마음을 이해할 수 있을 것 같았다. 나 역시 고요를 바라보면 그런 기분이 들었다. 그러나 바다까지 알게 된 지금은, 꼭 그렇지만도 않다는 걸 어렴풋이 알았다.

"그래도 포기하지 마. 어쩌면 네가 다가와 주길 기다리고 있을지도 몰라."

정후가 빙그레 미소를 지으며 고개를 끄덕였다.

"멍멍!"

"으악!"

털리가 갑자기 내 무릎 위로 뛰어올랐다. 나는 두 눈을 질끈 감은 채 그대로 얼어 버렸다. 정후가 재빨리 일어나 털리를 품에 안았다.

"미안, 많이 놀랐어?"

"괜찮아. 내가 동물을 좀 무서워해서⋯⋯."

나는 가슴을 쓸어내리며 자리에서 일어섰다. 잔뜩 풀이 죽은 털리가 나와 정후를 번갈아 쳐다보며 낑낑거렸다.

털리가 마음껏 달리고 싶어 했기 때문에, 우리는 이만 헤어지기로 했다. 정후와 털리는 러닝 트랙이 깔린 강변길로 향했고 나는 반대쪽에 있는 사색의 숲으로 향했다.

그러나 나는 바람에 흔들리는 대나무숲을 잠깐 바라만 보다가 입구에서 발길을 돌렸다. 속이고 있다는 걸 의식하게 되어서일까. 혹시라도 이우연을 마주치면 어쩌나 덜컥 겁이 났다.

꿈에도 예상하지 못했던 대형 사고는 그날 밤에 일어났다.

침대에 누워 SNS를 훑어보던 나는 언제나처럼 하루의 마무리로 정후의 계정에 들어갔다. 오랜만에 새 게시물이 올라와 있었는데, 아침에 찍은 종달새의 사진이었다. 밑에는 벌써 몇 개의 댓글이 달려 있었다. 이 사진에는 나도 댓글을 달아도 괜찮지 않을까, 작은 용기가 피어났다. 한참을 고민하던 나는 새벽 한 시가 가까워서야 겨우 한마디를 남길 수 있었다.

▶ 사진 잘 나왔네.

얼마 지나지 않아 정후의 메시지가 도착했다.

▷ 누구세요?

처음에는 정후가 장난을 치는 줄 알았다.

▶ 내가 누구냐면,

답장을 쓰던 나는 그제야 뭔가 잘못됐다는 사실을 깨달았다.
"아악!"
침대에서 벌떡 일어난 나는 재빨리 조금 전에 남긴 댓글부터
지웠다. 원래의 내 계정이 아니라 새로 만든 비밀 계정으로 댓
글을 달았던 것이다. 머릿속이 새하얘지면서 눈앞이 깜깜해졌
다. 차라리 더 답장을 하지 않았으면 됐을 텐데, 얼마나 당황했
는지 그 생각은 하지도 못했다. 마침 사진 밑에 달린 종달새라
는 태그가 눈에 띄었고, 나는 아랫입술을 깨문 채 정후에게 답
장을 보냈다.

▸ 태그 검색을 하다가 우연히 보게 됐는데, 사진에 종달새가 예뻐서요.

나는 서둘러 덧붙였다.

▸ 미안해요. 댓글은 제 지인 계정으로 착각하고 남긴 거였어요. 여기저기 둘러보다가.
▹ 괜찮아요, 다들 그런 실수 한 번쯤은 하잖아요.
▹ 새를 좋아하시나 봐요.
▸ 네, 좋아해요.

정후는 가상의 공간에서도 한결같이 다정하구나. 정후가 어떤 얼굴로 메시지를 작성하고 있을지 보지 않아도 알 것 같았다.

▸ 강아지가 참 귀엽네요.
▸ 오래오래 건강하길 기도할게요.
▹ 고마워요.

정후가 활짝 웃는 이모티콘을 함께 보냈다.

▷ 기분이 좀 안 좋았는데, 덕분에 나아졌어요.

생각지도 못한 정후의 말에 채팅창을 닫으려던 내 손이 멈칫
했다.

▸ 기분이 안 좋았어요?
▷ 그냥, 조금요.

아침에 만났을 때만 해도 평소의 정후와 다름없었는데. 그사
이 무슨 일이 있었던 걸까?

▷ 잠이 안 와서 뒤척이고 있었는데, 이제 자려고요.

정후가 쿨쿨 자는 이모티콘을 보냈다.

나는 그날 밤 이후로 SNS에 접속하는 시간을 절반 가까이 줄
였다. 또 어떤 실수를 할지 모른다는 생각에 겁이 나기도 했고 거
짓말 아닌 거짓말을 하는 마음도 편치 않았다. 학교에서는 최대
한 고요나 이우연 쪽으로 눈길을 돌리지 않았다. 그저 로그인 버
튼을 누르지 않았을 뿐인데, 서로의 비밀을 털어놓을 만큼 가까

웠던 사이가 파도에 휩쓸린 모래성처럼 흩어졌다.

"오늘 체육은 운동장이야."

체육부장이 교탁을 두드리며 소리쳤다. 고요는 물에 젖은 체육복 사건 이후로 체육복을 사물함에 두지 않았고 갈아입을 땐 매번 탈의실로 갔다. 탈의실이 따로 있어도 동복을 입는 시기에는 그냥 교실에서 갈아입는 아이들이 많았다. 탈의실을 이용하려면 5층까지 올라가야 하는 것부터가 꽤 귀찮은 일이었다. 그러나 고요는 오늘도 벌써 탈의실로 올라갔는지, 교실에 모습이 보이지 않았다.

정후가 수하와 함께 교실을 나갔다. 정후가 없으면, 아무도 고요에게 운동장 수업이라고 말해 주지 않을 것이다. 나는 고요가 혼자 강당으로 갈까 봐 걱정되었다. 옷을 갈아입은 아이들이 차례로 교실을 빠져나갔다. 마음이 조급해진 나는 복도를 바라보며 미적대고 있었다.

"가자."

지아가 내 팔짱을 끼며 말했다.

"잠깐만."

나는 후다닥 칠판 앞으로 가서 '운동장 수업'이라고 썼다.

"혹시, 못 들은 사람 있을까 봐."

지아가 어깨를 으쓱였다.

잠시 후, 수업종이 울린 것과 동시에 고요가 운동장으로 내려왔다. 나는 아무도 모르게 작은 한숨을 내쉬었다.

"지금부터 두 명씩 백 미터 달리기 기록 측정할 거야. 줄 서기 대형으로 1, 2번은 출발선에 서고 3, 4번은 대기석에, 나머지는 이쪽에 앉아 있다가 순서대로 나와."

줄 서기 대형은 번호순이 아니라 키 순서를 말하는 거였다. 두 개의 스톱워치를 양손에 든 체육 선생님이 결승선으로 뛰어갔다. 체육 선생님이 손을 흔들면 체육부장이 작은 깃발로 출발 신호를 주었다.

먼저 여자들부터 시작했는데, 운동신경이라고는 눈을 씻고 찾아봐도 없는 나는 가까스로 18초 후반대에 들어왔고 15초 플랫을 찍은 채희는 우리 반 1등을 차지했다. 고요는 15초 중반으로 2등을 기록했다.

곧이어 남자들의 기록 측정이 시작되었다. 우리는 결승선에 앉아 전속력으로 달려오는 남자애들을 바라보았다. 모래 먼지가 뿌옇게 일어서 다들 입과 코를 가린 채 빨리 끝나기만을 기다렸다.

정후와 이우연의 차례가 되었다. 여자아이들 몇몇이 정후를 향해 파이팅을 외쳤다. 체육 선생님의 신호를 받은 체육부장이 깃발을 내리자 두 사람이 동시에 달려오기 시작했다. 중반까지는 거의 비슷한 속도였다.

"정후 엄청 빠르다."

지아가 내 옷자락을 잡아당기며 소곤거렸다.

그런데 이우연이 갑자기 앞으로 고꾸라졌다. 그 사실을 알아차리지 못한 정후는 결승선을 향해 내달렸다.

나는 자리에서 벌떡 일어나 이우연을 바라보았다. 달리던 속도 때문에 두 바퀴 정도 앞으로 구른 이우연이 정신을 차리고 다시 일어섰다. 발목을 접질렸는지, 왼쪽 다리를 약간 절룩이며 걷다시피 결승선으로 들어왔다.

"괜찮아?"

"네."

체육 선생님의 질문에 이우연이 고개를 끄덕이며 체육복에 묻은 흙먼지를 털어 냈다. 그러고는 왼쪽 발목을 이리저리 돌려 보았다. 다행히 크게 다치진 않은 모양이었다. 이우연은 맨 마지막 순서까지 기다렸다가 다시 기록을 측정했다. 멀쩡히 달리는 모습을 보니 그제야 나도 마음이 놓였다.

"이수현."

지아가 내 눈을 가만히 들여다보았다.

"끝났구나, 너."

"뭐가?"

"아아, 끝나 버렸어."

지아가 고개를 절레절레 흔들며 알 수 없는 말을 중얼거렸다.

접속 시간을 줄이려고 마음먹었지만, 침대에 누우면 나도 모르게 SNS에 들어가곤 했다. 그럴 땐 꼭 지도에 없는 길로 들어선 것 같은 기분이었다. 새로운 길을 찾아 앞으로 달려 나가야 할지, 뒷걸음질이라도 쳐서 원래 자리로 되돌아와야 하는 건지 결정을 내릴 수가 없었다. 오늘도 새로운 알림만 살짝 확인하고 끄려고 했는데, 도저히 못 본 척할 수 없는 메시지가 와 있었다.

▷ 최근에 아폴로 본 적 있어?

이우연이었다.

▶ 못 봤는데……. 요새 날씨가 추워져서 공원에 거의 안 갔거든.

곧바로 이우연의 답장이 도착했다.

▷ 벌써 일주일이 넘었어. 사나흘씩 안 보인 적은 있어도, 이렇게 오랫동안 안 보인 건 처음인데.
▷ 날씨도 추워지는데 어디에 있는 건지…….

글자 하나하나에 걱정이 묻어났다. 달빛공원은 겨울이 시작되는 곳이었다. 차가운 강바람이 불어오면 공원 전체가 회색빛으로 얼어붙었다. 그곳에서 사색의 숲은 대나무로 지은 커다란 집과 같은 공간이었다. 집을 벗어난 아폴로는 어디로 간 걸까.

▶ 너무 걱정하지 마. 곧 다시 나타날 거야.

다음 날 아침, 나는 늦잠을 자는 지아를 깨워 달빛공원으로 향했다. 어쩌면 이우연과 마주칠 수도 있었지만, 지아와 함께라면 괜찮을 것 같았다.

"추워."

지아가 몸을 움츠리며 투덜거렸다.

"눈 크게 뜨고 잘 봐. 온몸이 새카만 고양이가 있으면 말해 줘. 알았지?"

나는 그렇게 말하면서도 대나무 사이사이를 두리번거렸다.

"그건 또 무슨 소리야, 고양이 털끝 하나 못 건드리는 애가."

혹시라도 아폴로가 아프거나 어딘가 다쳤으면 병원에 데려갈 생각이었다. 그러려면 지아의 도움이 꼭 필요했다.

"이수현, 솔직히 말해. 너 요즘 진짜 이상해."

역시 지아의 눈을 속일 수는 없었다. 그렇지만 도저히 털어놓을 수가 없었다. 어디서부터 어디까지 얘기해야 할지, 그저 막막하기만 했다.

"우연이가 고양이를 엄청 좋아하는 거 같던데."

"지아 네가 그걸 어떻게 알아?"

나는 눈을 동그랗게 뜨며 물었다.

"우리 중학교 때, 톰 있잖아. 우연이가 간식 가지고 와서 톰한테 주는 거 자주 봤거든."

학교 화단에 살았던 회색 고양이 톰의 이름은 〈톰과 제리〉에 나오는 톰을 닮아서 붙여진 이름이었다. 지아도 톰을 좋아해서 따로 간식을 챙겨 올 때가 종종 있었는데, 고양이를 무서워했던 나는 항상 저만치 떨어져 서 있곤 했다.

"이제 확실히 알겠네."

지아가 그럴 줄 알았다는 듯이 고개를 끄덕였다.

"뭘?"

"네 사랑이 끝난 이유."

"내 사랑이 끝났다고?"

"그게 이우연 때문일 줄이야."

"잠깐, 잠깐."

지아가 뭔가 오해를 한 것 같았다. 관심과 호기심 그리고 호감.

따로 구별하기 힘들 만큼 비슷한 감정들이지만, 거기에는 분명한 차이가 존재한다.

"둘 다 아니야. 이우연 때문도 아니고, 그보다 내 사랑은 끝나지 않았어."

"아니긴 뭐가 아니야, 내가 다 봤는데."

지아가 코웃음을 치며 가볍게 눈을 흘겼다. 지난 체육 시간, 오직 이우연만 바라보던 내 눈빛이 모든 걸 말해 주고 있었다면서.

"그거야 많이 다쳤을까 봐 걱정돼서 그랬지."

"그래, 그게 사랑이야. 사랑이 뭐 별거야?"

지아가 깔깔 웃음을 터트렸다.

"아니라니까."

"알았어. 아닌 걸로 해."

"진짜 아니라니까!"

나도 모르게 높아진 목소리에 지아의 눈이 동그래졌다.

"지아야, 나는……."

지금껏 그 누구에게도 털어놓은 적 없는 비밀이었다.

"나는 개만 보면 답답하고 화가 나."

심지어 나에게조차 보여 준 적 없는 내 진심이었다.

"꼭 나를 보는 것 같아서."

우주 미아

▷ 모두가 슈퍼맨일 수는 없잖아.

이우연은 말했었다.

▷ 나도 비슷해.
▷ 지극히 평범하지.

그리고 덧붙였다.

▷ 지루하고.

이우연은 나만큼이나 본인의 삶이 재미없다고 생각했다. 그래서 다른 사람들의 SNS를 구경한다고 했다. 다른 사람들은 무엇으로 자신의 삶을 채우는지 궁금하다고 했다.

▸ 그림은? 너는 그림을 좋아하잖아.

▹ 입시 준비를 하면서 알게 됐어. 난 삶을 그림으로 채우는 사람은 될 수 없다는 걸.

예고 입시에 떨어진 이후로 이우연은 하고 싶은 일도 재미있는 일도 없다고 했다. 예전에는 '그리는 것'이 즐거움이었다면 지금은 괴로움에 가깝다고 했다.

요즘 들어 자꾸만 나를 괴롭히던 문제가 어쩌면 지극히 보편적이고 평범한 것인지도 모르겠다는 생각이 들었다. 그래서 조금 울적해졌다. 평범하다는 고민조차 평범한 것이었구나.

▹ 내가 시시하고 따분해서,

▹ 가끔은 끔찍하다는 생각이 들어.

재난 영화나 공포 영화를 보면 가장 먼저 죽는 사람들이 있다. 역할이라기보다는 극의 긴장감 고조를 위한 장치에 가까운 사람들. 너무나도 쉽게, 너무나도 아무렇지 않게 희생되는 무명의 인물들.

중학교 2학년 때, 전쟁 영화를 보다가 처음으로 그런 생각을

했던 것 같다. 주인공을 향한 총알이 아슬아슬하게 비켜 가면서
바로 뒤에 있던 사람의 가슴을 명중하는 장면이었다. 극적으로
목숨을 건진 주인공을 보면서 안도의 한숨을 내쉰 것과 동시에
나는 근원을 알 수 없는 슬픔을 느꼈다. 영화를 보는 누구도 그
의 죽음을 애도하지 않을 것 같았다. 나는 내 멋대로 그의 일생
을 상상하면서 마음 깊이 슬퍼하고 또 슬퍼했다.

▸ 네 삶이 끔찍하다는 뜻이야?
▹ 반은 맞고 반은 틀려.

이우연이 대답했다.

▹ 내 삶 자체가 끔찍하다는 뜻은 아니야. 조금 지나치다 싶을 정도로 조
용하고 잔잔할 뿐이지.
▹ 그렇지만 깊은 산속에 고인 호수처럼 영원히 흐를 일도 마를 일도 없는
이 지루함이 끔찍하긴 해. 말장난처럼 느껴질 수도 있겠지만.

아주 어린 아이였을 때, 나는 어른들에게도 어린 시절이 있었
다는 사실을 믿을 수가 없었다. 어른들은 태어날 때부터 어른이
었을 것만 같았다. 내가 아는 어른들은 모두 특별한 역할을 맡

고 있었으니까. 부모님, 선생님, 의사, 간호사, 경찰관처럼 누군가에게 꼭 필요한 사람들. 그래서 별다른 역할이 없는 어른도 있다는 것을 상상조차 하지 못했었다. 내가 그런 사람 중의 하나가 될 수 있다는 것도.

▶ 네가 원하는 삶은 어떤 건데?

▷ 모르겠어. 원하는 것이라도 있다면, 이렇게 심심하진 않겠지.

▷ 미안, 괜히 너까지 힘 빠지게 만들어서.

나는 힘이 빠지는 것이 아니라 오히려 뭔가 울컥하고 솟구치는 기분이었다. 이게 도대체 무슨 감정인지 알 수가 없었다.

▶ 나는 그림에 대해서 잘 모르지만, 네 그림이 좋아.

괜히 하는 말이 아니라 정말로 그랬다. 이우연이 그린 아폴로를 보고 있으면 선선한 바람이 부는 햇살 좋은 날, 평상 위에 누워 있는 듯한 기분이 들었다.

▷ 네 말대로 잘 몰라서 그럴 거야.

▶ 아니, 아폴로를 그렇게 사랑스럽게 그릴 수 있는 사람은 너밖에 없어.

나는 마지막 인사도 없이 로그아웃 버튼을 눌렀다.

지아와 함께 간 날 결국 아폴로는 찾지 못했다. 일요일 아침, 나는 혼자서 다시 사색의 숲으로 향했다.

머리를 하나로 질끈 묶고 두꺼운 점퍼를 챙겨 입었다. 그냥 나가려다가 아빠가 고쳐 준 파란 리본을 머리에 꽂았다. 왠지 행운을 가져다줄 것만 같은 기분이 들었기 때문이다.

"아폴로!"

나는 마치 고양이 탐정이라도 된 것처럼 대나무숲을 헤집고 다녔다. 쌀쌀한 바람에 코끝이 얼어서 자꾸만 코맹맹이 소리가 났다.

"야옹."

고양이 소리에 깜짝 놀라 뒤를 돌아보니, 지난번에 엄마랑 봤던 주황색 고양이가 대나무 사이로 얼굴을 내밀었다.

"나비구나."

마치 제 이름이 맞다는 듯이 나비가 야옹, 하고 울었다.

"잠깐만."

나는 미리 준비해 온 고양이 통조림의 뚜껑을 뜯었다. 익숙한 소리였는지, 나비가 꼬리를 살랑살랑 흔들며 내 앞으로 다가왔다. 나는 통조림을 바닥에 내려 둔 다음 뒤로 후다닥 물러섰다. 그러자 나비가 얼른 그 앞으로 다가와 먹기 시작했다.

"맛있어?"

나는 열 발짝 떨어진 곳에 쪼그려 앉았다. 근처 동물병원에서 고양이들한테 가장 인기가 좋다는 것으로 추천받은 통조림이었다. 배가 많이 고팠는지, 나비는 먹는 데 골몰해 내 쪽으로 눈길 한번 주지 않았다.

"있지, 혹시 아폴로 못 봤어?"

나는 통조림을 거의 다 비운 나비에게 물었다.

"털은 새카맣고 눈은 연두색이야. 오른쪽 눈인가? 아냐, 왼쪽 눈인가? 하여튼 한쪽 눈이 조금 더 노란색을 띠는데."

그때였다. 등 뒤에서 야옹, 하는 소리가 들리더니 온몸이 새까만 고양이 한 마리가 나를 향해 걸어왔다. 아폴로였다.

"엄마야!"

나는 중심을 잃고 허우적거리다가 그대로 엉덩방아를 찧고 말았다. 아폴로는 그런 내가 한심하다는 듯이 슬쩍 훑어보고는 나비에게로 다가갔다. 바닥에 털썩 드러누운 나비가 아폴로의 얼굴을 핥았다.

"아폴로!"

아폴로가 야옹, 하고 대답했다.

"여기, 하나 더 있어."

나는 가방에서 새 통조림을 꺼내 슬금슬금 다가가 아폴로의 발밑에 놓았다. 그러고는 도망치듯 원래 앉아 있던 자리로 돌아왔다.

"무사했구나."

나는 콧물을 훌쩍이며 아폴로가 통조림을 먹는 모습을 지켜보았다. 아폴로를 만난 기쁨에 추위도 느껴지지 않았다. 이미 제 몫을 다 먹은 나비가 통조림에 입을 댔지만, 아폴로는 그런 나비를 가만히 내버려 두었다. 금세 통조림이 비었고 아폴로가 나비의 털을 핥기 시작했다. 나는 핸드폰을 꺼내 서로를 핥아 주고 있는 아폴로와 나비의 사진을 찍었다.

"널 엄청 걱정하고 있는 사람이 있거든."

방금 찍은 사진을 비밀 계정에 올렸다. 아폴로 발견, 이라는 글과 함께.

"기어이 그 고양이를 만났다고?"

지아가 어처구니가 없다는 듯이 헛웃음을 지었다.

"응. 다행히 잘 있더라."

나는 고개를 끄덕이며 사색의 숲에서 찍은 사진을 지아에게 보여 주었다.

"뭐야, 완전 귀엽잖아."

인정할 수밖에 없다는 듯이, 지아가 사진에서 눈을 떼지 못하며 물었다.

"그래서 이 고양이가 무슨 고양인데?"

"그게……."

눈썹을 잔뜩 찌푸린 지아가 나를 빤히 보았다.

"너 정말……. 우연이랑 무슨 일이 있었는지도 아직 안 말해 줬잖아."

"나중에, 나중에 꼭 말해 줄게."

나는 지아의 손을 잡으며 말했다.

"당장이라도 너한테 다 털어놓고 싶은데, 지금은 무슨 말을 어떻게 해야 할지 너무 막막해서 그래."

나를 가만히 쳐다보던 지아가 한숨을 내쉬었다.

"알겠어."

나는 빙그레 웃으며 지아와 맞잡은 손을 그네처럼 흔들었다. 손등에 닿는 바람이 차가워서 지아의 손을 더 꼭 잡았다. 걸어서 등교하는 것은 아무래도 이번 주가 마지막일 것 같았다.

"지아야, 웃지 말고 대답해 줘."

"뭘?"

"네 삶의 이유는 뭐야?"

평소 같았으면 무슨 헛소리냐며 내 팔등을 찰싹 때렸을 텐데, 지아가 어깨를 가볍게 으쓱이며 대답했다.

"그런 게 어딨어, 그냥 사는 거지."

"아니, 진지하게."

"진지하게 말하는 거야. 사람이 사는 데 이유가 꼭 필요해? 사람이니까 살아가는 거지. 사람만이 아니야. 살아 있는 모든 것은 살아갈 권리가 있고, 살아가야 할 의무가 있는 거라고."

지아가 내 옆얼굴을 찌릿 노려보며 말했다.

"그렇게 살다 보면, 자기만의 소소한 행복도 찾고 즐거움도 찾고 뭐 그런 거지. 아니야?"

나는 고개를 끄덕이며 숨을 한번 크게 내쉬었다. 부쩍 기분이 가라앉은 요즘이었는데, 어제 아폴로를 만난 순간 세상을 다 얻은 것 같은 기쁨을 느꼈다. 지난 며칠 동안의 내가 머쓱하게 생각될 정도로.

"만약에 내가."

지아가 조금 쑥스럽다는 듯이 바닥을 보며 말했다.

"언젠가 너랑 똑같은 질문을 하는 날이 오면."

"응."

"이마 한 대 찰싹 때리고 당도 100으로 만든 버블티 한 잔을 링거로 놔 줘."

"알겠어."

나는 킥킥 웃음을 터트렸다. 내 손에 전해지는 지아의 체온이 봄볕보다 따스하게 느껴졌다.

요즘 들어 이우연은 창밖을 바라볼 때가 많았다. 덕분에 다른 사람의 SNS를 보고 있는 시간은 크게 줄었지만, 하염없이 창밖을 바라보는 모습이 어쩐지 더 쓸쓸하게 보였다.

이우연은 내 사진에 따로 댓글을 남기지 않았다. 대신 이우연의 SNS에 아폴로의 새로운 사진이 올라와 있었다.

고요는 그날의 대화를 마지막으로 SNS에 접속하지 않고 있었다. 솔직히 말하면 그래서 다행이라는 생각이 들었다. 나는 고요에게도, 바다에게도 거짓말을 하고 싶지 않으니까.

바다는 내가 아주 가까운 곳에 있다는 사실을 알고 있다. 그러나 달빛공원까지였다. 내가 올렸던 게시물 그 어디에도 나를 특정할 수 있는 단서는 없었다. 그러니 내가 1학년 9반 이수현이라는 것을 바다가 눈치챘을 리는 없다.

고요는 평소와 다름없는 모습으로 공부만 했다. 한동안 잠잠했던 쓰레기 테러가 지난주부터 다시 시작되긴 했지만, 고요는 별다른 반응을 보이지 않았고 아이들도 점점 무덤덤해졌다. 딱 한 사람만 제외하고.

정후는 물티슈와 수건을 가지고 다니면서 더러워진 고요의 책상을 깨끗이 닦아 주기 시작했다. 처음에는 차갑게 거절하던 고요도 더는 괜한 소란을 피우기 싫다는 듯이 정후가 하는 대로 내버려 두었다.

나는 영영 챙겨 줄 게 아니라면 처음부터 안 챙기는 게 낫다던 고요의 말이 자꾸 떠올랐다. 내가 고요의 책상을 몰래 치운 것은 딱 한 번이었다. 고요의 말이 맞는지도 몰랐다. 음악 수행평가 때처럼, 나는 또 돕고 싶은 마음과 미움받기 싫은 마음 사이에서 어쩌지 못하고 그저 바라보고만 있었다.

정후는 나와 달랐다. 정후는 늘 모두에게 다정했고, 누구라도 따라 웃을 수밖에 없는 미소를 지으며 아이들을 챙겼다. 그래서 정후에게 그런 메시지가 왔을 때, 나는 정말 깜짝 놀랄 수밖에 없었다.

▷ 강아지나 고양이들은 참 신기하지 않아요? 나도 모르는 내 마음을 알아줄 때가 많잖아요.

열두 시가 훌쩍 넘은 시간이었다. 침대에서 벌떡 일어난 나는 로그인되어 있는 내 계정부터 확인했다. 그저께 새로 올린 아폴로와 나비의 사진을 본 모양이었다.

141

▶ 그런가요? 저는 이제 막 고양이랑 친해지는 중이에요.

나는 엄지손톱을 잘근잘근 깨물며 답장을 보냈다. 곧바로 정후의 두 번째 메시지가 도착했다.

▷ 그렇구나. 그럼 이제 곧 그런 순간들이 생길 거예요.

나는 고개를 *끄덕끄덕* 움직이는 고양이 이모티콘을 보냈다.

▶ 혹시 오늘도 있었어요? 그런 순간이?

▷ 앗, 어떻게 알았어요?

▶ 왠지 그런 것 같아서요.

▶ 어떤 마음이었는데요?

▷ 그냥 좀, 힘이 없어 보였나 봐요. 자기 장난감을 내 무릎 위에 올려 주더라고요. 평소에는 손도 못 대게 하는 건데.

정후가 노란색 고무공을 입에 문 털리 사진을 보내 주었다.

▶ 그래서 이제 괜찮아졌어요?

▷ 좀 나아졌는데, 잠이 오질 않네요.

정후에게 잠들지 못하는 밤은 어떤 의미일까. 정후가 걱정스러웠지만, 이렇게 계속 대화를 이어 가도 괜찮은 건지 망설여졌다.

▷ 미안해요. 갑자기 연락해서는 이상한 말만 늘어놓고…….

내 답장이 늦어지자 정후가 사과했다. 나는 얼른 메시지를 적었다.

▶ 아니에요. 잠이 잘 오는 방법이 뭐가 있나 찾아보고 있었어요.
▷ 보통은 그냥 가만히 누워 있기도 하고 머릿속으로 양을 세 보기도 하는데, 큰 효과는 없는 것 같아요.
▷ 한두 시간 깜빡 잠이 들 때도 있고 아예 한숨도 못 자는 날도 있고.

정후에게는 오늘 같은 불면의 밤이, 보통의 밤보다 훨씬 더 친숙한 듯 보였다.

▶ 세상에, 다음 날 피곤하지 않아요?
▷ 피곤하죠. 이틀 밤을 꼬박 새우고 나면 물속에 얼굴을 담그고 있는 것

같은 기분이 들어요. 눈도 잘 안 보이고 귀도 잘 안 들리고.

▷ 그렇지만 오지 않는 잠을 어떻게 할 수는 없으니까요.

나는 지금껏 단 한 번도 책상에 엎드려서 잠이 든 정후의 모습을 본 적이 없다. 이따금 선물처럼 주어지는 5교시 자습 시간에도 정후는 잠들지 않았다.

▶ 오늘 밤은 어떨 것 같아요?

▷ 다행히 뜬눈으로 지새울 것 같진 않아요. 좀 털어놔서 그런지, 아까보다 기분이 많이 좋아졌거든요.

▶ 어떨 때 기분이 안 좋아져요?

이런 질문을 해도 될지 한참을 고민하다가 결국 보내기 버튼을 눌렀다. 아는 사람에게는 말하고 싶지 않은 부분일 수도 있었다. 나는 정후를 알고 있지만, 정후는 내가 이수현이라는 것을 모르고 있다.

▷ 딱 꼬집어서 말하기는 힘들지만, 주로 무력감을 느낄 때인 것 같아요.

나는 정후의 말이 선뜻 이해되지 않았다. 1학년 9반을 무대

로 히어로 무비를 만든다면 정후는 논란의 여지가 없는 주인공
이었다.

  ▷ 소중한 사람에게 힘든 일이 생겨도 아무것도 해 줄 수 없을 때,
  ▷ 내가 정말 아무런 힘도 없다는 것을 느낄 때 그런 것 같아요.

오늘 아침, 묵묵히 고요의 책상을 닦아 주던 정후의 모습이
떠올랐다.

  ▶ 때로는 그저 옆에 있어 주는 것만으로도 충분히 힘이 될 때가 있지 않
나요?
  ▷ 맞아요. 지금이 저한테 그런 순간이에요. 덕분에 마음이 훨씬 편안해
졌어요.
  ▷ 친한 사람들에게는 좀처럼 할 수 없는 말들이 있잖아요.
  ▷ 그런데 신기하게도 잘 모르는 사람한테는 아무렇지 않게 할 수 있는
것 같아요.

정후의 말에 짧은 안도감과 동시에 깊은 죄책감이 밀려왔다.

  ▷ 그런 사람이 필요했어요, 오늘 저한테는.

그러나 이제는 정말 어쩔 수 없다고 생각했다.

▶ 언제든지 대나무숲이 되어 줄게요.

나는 절대로 정후에게 내 정체를 들키지 않겠다고 다짐했다.

인력의 방향

스쿨버스를 타기 전, 아파트 상가에 있는 편의점에 들러 카모마일 차와 지아가 좋아하는 초콜릿을 샀다. 인터넷에 검색해 봤더니 카모마일 차가 불면증에 도움이 된다고 했다. 허브차라서 티백밖에 없으면 어쩌나 걱정했는데, 다행히 병에 들어 있는 제품이 있었다. 계산을 마치고 편의점 밖으로 나오자 기다렸다는 듯이 버스가 도착했다.

"웬 차? 너 이런 거 안 좋아하잖아."

통로 쪽에 앉아 있던 지아가 창가 자리로 옮겨 앉았다.

"정후 주려고."

나는 지아의 귓가에 대고 조그맣게 속삭였다.

"그리고 이건 네 거."

초콜릿을 받아 든 지아가 가방에 챙겨 넣으며 물었다.

"허브차 좋아한대?"

"글쎄, 좋아하는지 안 좋아하는지는 잘 몰라."

"그럼 왜 샀는데?"

"그냥, 내가 주고 싶어서."

지아가 심각한 표정으로 나를 빤히 쳐다보았다.

"왜 이래, 자꾸. 걱정스럽게."

"걱정 안 해도 돼."

나는 지아의 무릎을 톡톡 두드리며 말했다. 지아가 두 손으로 내 얼굴을 붙잡았다.

"이러지 마. 진짜 걱정되잖아. 설마, 내가 사랑이 끝났다고 한 것 때문에 폭주하는 건 아니지?"

"아니야."

나는 얼굴을 뒤로 빼며 웃어 보였다.

"그렇다면 일단 파이팅이긴 한데."

아무래도 불안하다는 듯 눈을 가늘게 뜨며 지아가 말했다.

평소보다 빠른 속도로 점심을 먹은 나는 편의점에서 산 카모마일 차를 들고 도서관으로 올라갔다. 왁자지껄한 복도를 지나 모퉁이를 돌아서자 공기의 온도가 달라졌다. 뱃길이 끊어진 외딴섬 같은 도서관이 그 고요한 모습을 드러냈다.

나는 최대한 소리가 나지 않도록, 아주 천천히 문을 열었다. 어쩌면 정후가 깜빡 잠이 들었을지도 모른다는 생각 때문이었다.

"누군가 했네."

문이 열리자마자 나와 눈이 마주친 정후가 웃었다.

"왜 그렇게 살금살금 들어와?"

"어, 그게, 왠지 조용히 해야 할 것 같아서."

머쓱해진 나는 괜히 책장을 두리번거리며 물었다.

"아무도 없어?"

"응, 나 혼자야. 오늘도 네가 첫 번째 방문자고."

정후가 의자에서 일어서며 말했다.

"여긴 어쩐 일이야? 빌리고 싶은 책이라도 있어?"

"음, 그러니까……."

이런 바보. 책 이름이라도 하나 생각해 왔다면 훨씬 더 자연스러웠을 텐데.

"그게, 있잖아……."

나는 등 뒤에 숨기고 있던 유리병을 대출 창구 위에 올려놓았다.

"생각해 보니까, 샌드위치에 대한 인사를 안 한 거 같아서."

"인사는 무슨. 같이 나눠 먹은 건데."

정후가 겸연쩍은 미소를 지으며 유리병을 손에 들었다.

"카모마일인 거, 알고 있었구나."

"응?"

"그때 같이 마셨던 차."

"아아, 그래서 사 온 거야. 카모마일 차 좋아하는 거 같아서."

당황한 나는 기계처럼 고개를 끄덕이며 어색한 미소를 지었다. 그 황금빛 차가 카모마일이었구나.

"고마워. 잘 마실게."

정후가 왼쪽 뺨의 보조개를 드러내며 웃었다. 어젯밤 한 시간이라도 눈을 붙였는지 묻고 싶었지만, 나는 목 끝까지 차오른 그 말을 꾹꾹 눌러 삼켰다.

"그럼, 나중에 보자."

가볍게 손인사를 하고 돌아서는데, 도서관의 앞문이 스르르 열렸다.

"고요야."

정후가 다정하게 고요의 이름을 불렀다. 고요가 나를 보고 잠깐 멈칫하더니 그대로 지나쳐 정후에게로 걸어갔다.

"그때 신청했던 책, 세 권 맞지?"

정후의 질문에 고요가 고개를 짧게 끄덕였다. 정후가 따로 챙겨 둔 듯한 책들의 바코드를 스캐너로 찍었다. 나는 도망치듯 도서관을 빠져나왔다. 고요 역시 내가 산 것과 똑같은 카모마일 차를 정후에게 건넸기 때문이다.

초중고를 함께 다닌 정후와 고요였다. 굳이 서로의 SNS를 팔로우하지 않고 교실에서 따로 이야기를 나누지 않아도 얼마든지 가까이 지낼 수 있는 건데.

고요는 정후가 겪고 있는 어려움에 대해서 잘 알고 있는 것 같았다. 학교 매점에서는 카모마일 차를 팔지 않으니까, 고요 역시 일부러 챙겨 온 거였다. 내가 가져온 차를 보며 고요는 무슨 생각을 했을까.

나는 책상에 머리를 콩콩 찧다가 털썩 엎드렸다. 그동안 정후를 좋아했던 여자애가 한둘이었던 것도 아니고 그중에는 분명 나처럼 동경에 가까운 마음을 품은 아이들도 있었을 거다. 고요도 그렇게 생각하겠지. 주제도 모르는 애라고는 생각하지 않을 거다. 필사적으로 자기합리화를 시도하다가 다시 발을 동동 구르는데 물끄러미 나를 쳐다보고 있던 이우연과 눈이 마주쳤다.

나는 아무 일도 없었던 것처럼 벌떡 일어나 다음 수업 준비를 했다. 귀까지 달아오른 것이 느껴졌지만, 딱히 어쩔 도리가 없었다.

사물함에서 수학책을 꺼내 오던 나는 앗, 하고 탄성을 지를 뻔했다. 초록색 샤프를 손에 쥔 이우연이 노트 한구석에 낙서가 아닌 그림을 그리고 있었다. 내 손바닥보다 작은 그림이었지만, 자세히 보지 않아도 알 수 있었다. 이우연이 그리고 있는 것은 아폴로와 나비였다.

그날 밤 정후의 SNS에는 카모마일 유리병 사진이 올라왔다. 그 밑에는 '지금 나에게 가장 필요한 것'이라고 적혀 있었다. 카모마일과 고요를 모두 뜻하는 중의적인 문장일 것이다.

정후는 자신이 한 발짝 다가서면 고요가 도망가 버릴 것 같다고 했다. 고요는 그런 정후의 마음을 얼마나 알고 있을까. 바다가 했던 말대로라면 다 알면서도 모르는 척하고 있는 걸까.

나는 조금 머뭇거리다가 비밀 계정으로 로그인했다. 이우연에게 전해 주고 싶은 것이 있었기 때문이다.

이우연의 SNS에도 새로운 게시물이 올라와 있었다. 똑같은 모양의 피규어 세 개를 나란히 놓고 찍은 사진이었는데, 'triple play'라는 글과 함께였다. 그 사진을 보니 777처럼 똑같은 그림 세 개가 맞춰진 슬롯머신이 떠올랐다.

▶ 트리플플레이가 무슨 뜻이야?

새 게시물에 대한 이야기로 말문을 열었다. 잠시 후 이우연의 답장이 도착했다.

▷ 야구 룰 알아?

▶ 잘은 모르고 기본적인 것만 조금.

엄마와 아빠는 야구를 좋아해서 경기장까지 직접 관람을 가기도 하는데, 나는 그다지 즐겨 보는 편은 아니다.

▷ 더블플레이는 알지? 우리말로는 병살.
▶ 공 하나에 주자 둘이 아웃되는 거?
▷ 응. 트리플은 공 하나에 주자 셋이 한꺼번에 아웃되는 거야. 삼중살.
▶ 와, 그럴 때도 있어?
▷ 쉽게 볼 수 있는 상황은 아니야. 한 시즌을 통틀어서 한두 번 나올까 말까.
▶ 근데 저 사진이 왜 트리플플레이야?
▷ 그만큼 운이 없다고.

사진 속의 피규어는 모두 스물일곱 가지 캐릭터가 있는데, 랜덤으로 들어 있어서 상자를 뜯기 전까지는 뭐가 나올지 알 수 없다고 했다. 모양이 정교한 만큼 가격도 꽤 비싼 편이라 이우연은 용돈을 모아서 한 달에 하나씩만 산다고 했다.

▷ 제일 인기가 없는 캐릭터인데, 세 번 연속으로 나왔어. 혹시나 하는 생

각에 오늘은 평소에 가던 가게 말고 일부러 멀리까지 가서 산 건데.

나는 핸드폰 계산기로 똑같은 것이 세 번 연속으로 나올 확률을 계산해 보았다. 거의 불가능에 가까운 숫자가 나왔다.

▶ 중고 거래 같은 것도 있지 않아?
▷ 많이들 하지. 근데 저건 인기가 없어서 그냥 준다고 해도 받는 사람이 잘 없어.
▶ 왜 인기가 없을까. 저렇게 귀여운데.

동그란 얼굴에 아래로 살짝 처진 눈이 정말로 귀여웠다. 친근한 얼굴과는 달리 밝은 초록색 피부가 외계 생명체 같은 느낌을 주었는데, 그 묘한 이질감이야말로 저 캐릭터의 매력 같았다.

▷ 비중이 없거든. 딱히 능력치가 좋은 것도 아니고.
▶ 그래도 꼭 필요한 캐릭터 아니야?
▷ 풀 세트를 모을 때는 그렇지.

이우연이 말했다.

▷ 퍼즐의 한 조각 같은 거야. 전체의 한 부분일 때만 의미가 있는.

괜스레 미안했다. 내가 처음으로 이우연을 의식했을 때, 나는 그 애를 그림의 배경 같다고 생각했다. 빈 구석을 채워 넣기 위해 그린 그림.

▶ 그래도 나는 저 캐릭터가 좋아.
▷ 그야 넌 다른 캐릭터들이 어떤지 모르니까.

이우연은 지금 어떤 표정을 짓고 있을까. 평소처럼 무심하고 차분한 얼굴일까.

▷ 가끔 그런 생각이 들어. 부모가 아이를 낳는 일도 일종의 랜덤 뽑기 같다고.
▶ 아이를 낳는 일이?

나는 이우연의 말이 선뜻 이해가 되지 않았다.

▷ 어떤 특징을 가진 아이를 키우게 될지, 낳아 보지 않고서는 알 수 없다는 게 비슷하지 않아? 어느 정도 예상 가능한 유전적 특징이 있긴 하겠지만

그중 뭐가 나올지는 모르잖아.

    ▶ 인정하고 싶진 않지만, 부정할 수도 없네.

    ▷ 왜 인정하고 싶지 않은데?

이우연이 정말 궁금하다는 듯이 물었다.

    ▶ 뽑고 싶지 않았던 아이도 있다는 뜻이 되잖아.

    ▷ 충분히 그럴 수 있는 일 아니야?

    ▶ 내가 부모님이 원했던 자식이 아닐 수도 있다는 게?

    ▷ 그게 이상해?

    ▶ 그러면 안 되는 거 아니야?

나는 마치 내가 그런 아이라는 말을 들은 것처럼 섭섭한 마음이 들었다.

    ▷ 예를 들면, 부모와 자식도 사람 대 사람이니까 성격이나 취향 같은 게 안 맞을 수 있잖아. 그런 면에서 아쉬운 부분이 있을 수도 있지.

이우연의 말뜻을 조금 이해할 수 있을 것 같았다. 제아무리 부모와 자식이라고 해도 너와 나는 다르다고 말할 수 있는 것이다.

같지 않다고 해서 틀린 건 아니니까. 그건 서로가 결코 좋아할
수 없는 부분을 가졌다고 해도 괜찮다는 뜻이었다.

　▷ 그리고 대부분의 부모들이 보통의 평범한 캐릭터를 뽑을 때, 어떤 부모
들은 특별 한정판을 뽑는 거야. 모두가 갖고 싶어 하지만 아무나 가질 수 없
는 그런 아이를.
　▷ 나는 아주 가까운 곳에 한 명 있거든.
　▶ 특별 한정판이?
　▷ 그렇게 말하니까 조금 웃기긴 하다.

특별 한정판이라는 단어를 보자마자 고요와 정후가 떠올랐다.
오각형으로 된 그래프를 그리면 다섯 개의 꼭짓점이 끝까지 가
득 채워질 아이들.

　▶ 기분이 어때? 그런 아이가 옆에 있으면.
　▷ 괴로웠지.

이우연이 과거형으로 표현했다.

　▷ 어쩔 수 없다는 것을 인정한 이후로는 괜찮아졌어. 그래도 우리 부모님

이 안쓰럽게 느껴지는 마음은 여전해. 이게 적절한 표현인지는 모르겠지만.

  ▷ 우리 엄마 아빠도 충분히 한정판을 뽑을 수 있었는데, 운이 살짝 비껴간 느낌?

아주 가까운 곳에 있다고 해서 형제를 말하는 줄 알았는데 그건 아닌 모양이었다.

  ▶ 너는 어떤 캐릭턴데?

  ▷ 27번까지 줄을 세운다면 대충 23번쯤 되지 않을까.

  ▷ 예고 입시에 떨어졌을 때, 엄마한테 미안하다는 생각이 들더라고. 어이없게도. 엄마가 기대를 많이 했었거든.

나는 깜깜해진 창밖을 바라보았다. 자신을 스물세 번째에 놓은 이우연의 기준은 무엇이었을까.

  ▶ 너는? 네 마음은 어땠는데?

  ▷ 가까스로 붙잡고 있던 밧줄이 뚝 끊어진 기분이었지.

나는 이우연도 나처럼 조금 지나칠 정도로 단조롭고 심심한 삶을 살고 있다고 생각했다. 그런데 아니었다. 이우연은 나와는 달랐다. 단순히 시험에 떨어진 것이 아니라 단 하나 붙들고 있었던 꿈이 깨진 것이다. 그리고 이우연은 지금도 여전히 낙하 중인 것 같았다.

▷ 근데 이젠 괜찮아. 난 내가 23번 피규어라는 사실을 기꺼이 받아들였거든. 내가 저 피규어를 바라보듯 다른 사람들이 나를 그렇게 바라본다고 해도 상관없어. 다만 가끔……

이우연이 말했다.

▷ 23번이라도 괜찮냐고 묻는 시선은 어떻게 받아들여야 할지 잘 모르겠어.

나는 지금껏 어떤 시선으로 이우연을 바라보고 있었을까. 그리고 어떤 시선으로 나를 바라보고 있었을까.

나는 링크 하나를 이우연에게 보냈다. 낮에 노트에 그린 아폴로와 나비의 그림을 본 순간부터 보낼까 말까 고민하던 링크였다.

▷ 뭐야 이게?

▶ 거기 적혀 있잖아. 전국 고등학생 미술대회.

내가 보낸 링크는 미술대회 안내 요강 페이지였다. 아까 도서
관에 붙어 있는 걸 눈여겨보았었다.

▷ 말했잖아, 그림은 이제 안 그린다고.
▶ 아폴로도 좋지만,
▶ 난 네가 그린 다른 그림도 보고 싶어.

이우연은 아무런 말이 없었다. 글로 나누는 대화의 가장 큰 단
점은 상대방이 지금 어떤 표정을 짓고 있는지 알 수 없다는 것
이다.

▶ 그거 알아? 네가 올린 피규어 사진을 봤을 때,
▶ 나는 잭팟이라고 생각했어.

나는 이우연에게 내 진심을 전해 주고 싶었다.

토요일 오후, 큰길 사거리에 있는 대형 서점에 갔다. 중간고사
가 끝난 것이 엊그제 같은데, 어느새 기말고사가 코앞으로 다가

왔다. 더 떨어질 것도 없다고 생각했던 수학 점수가 또다시 최저점을 기록했고 그나마 자신 있었던 국어까지 위기가 찾아왔다. 이대로 계속 성적이 떨어지면 가고 싶은 대학이 없는 것이 문제가 아니라, 갈 수 있는 대학이 없어질지도 모른다.

입구에 놓인 베스트셀러들을 가볍게 훑어본 다음 곧장 문구 코너로 향했다. 서점에 올 때마다 새로 나온 필기도구를 구경하는 것은 내 소소한 취미생활이었다.

즐겨 쓰는 형광펜 라인에 연보라색 신상이 출시되어 있었다. 다른 브랜드에서 나온 비슷한 색상을 두 개나 가지고 있었지만, 결코 같은 색깔이라고는 할 수 없었다. 그래서 연보라색 형광펜 하나와 색연필 두 자루, 그리고 미술전문가용 지우개를 샀다. 희미하게 남아 있는 연필의 흔적을 보면 자꾸만 신경이 쓰여서 지우개만큼은 성능이 확실한 것을 좋아한다.

계산을 마치고 오늘의 진짜 목적인 참고서 코너로 갔다. 나는 판매 부수 1위라는 황금색 스티커가 붙어 있는 문제집부터 살펴보았다. 대충 몇 장을 넘겨 보다가 문득 고개를 든 순간 가슴이 덜컥 내려앉았다. 오른쪽 대각선 방향으로 2미터쯤, 정확히 교실에서와 같은 위치에 선 고요가 영어 문제집을 꺼내고 있었다.

혹시라도 눈이 마주칠까 봐 풀썩 주저앉았다. 인사를 해야 할지 말아야 할지 고민스러웠다. 고요와 눈이 마주치면 나는 아마 생각할 겨를도 없이 인사를 건네겠지만, 고요는 그러지 않을 것 같았다. 굳이 나서서 상처받고 싶지는 않았다.

눈만 마주치지 않으면 된다. 잘될지는 모르겠지만, 끝까지 못 본 척하는 거다. 나는 마음을 가다듬고 자리에서 일어섰다. 오른쪽은 절대 쳐다보지 않겠다는 강한 의지로 목과 시선을 한곳에 고정했다.

"꺄악!"

비명을 지른 건 내가 아니었다.

"괜찮아?"

검은색 모자를 쓴 남자가 비명을 지른 여자의 상태를 확인하며 물었다. 절반도 남지 않은 플라스틱 커피 컵을 손에 든 여자가 가까스로 고개를 끄덕였다. 나머지 절반의 커피는 내 베이지색 카디건과 서점 바닥을 낙엽색으로 물들이고 있었다.

"저기요, 거기 그렇게 서 계시면 어떡해요?"

눈썹을 잔뜩 찌푸린 남자가 내게 말했다. 근처에 있던 사람들이 힐끔힐끔 우리를 쳐다보았다.

"죄송합니다."

나는 머리를 꾸벅이며 두 사람에게 황급히 사과했다. 작은 소란에 서점 직원이 청소도구를 들고 달려왔다. 나는 직원이 건네

준 휴지로 젖은 옷을 닦았다. 판매대 위를 살펴보던 직원이 난감한 표정을 지으며 나란히 놓여 있던 책 두 권을 손에 들었다.

"죄송하지만, 이 두 권은 판매가 불가능한 상태라 배상을 해주셔야 할 것 같아요."

그래도 두 권뿐이라서 다행이라는 생각이 들었다. 하마터면 판매대 위에 놓인 모든 책이 젖을 뻔했다. 대신 내 카디건이 흠뻑젖긴 했지만, 옷은 세탁하면 되니까.

"서로 부딪힌 거니까, 한 권씩 배상하죠."

남자가 어쩔 수 없다는 듯이 인상을 썼다.

나는 고개를 끄덕이며 가방에서 지갑을 꺼냈다. 바로 그때였다.

"이봐요. 지금 뭐 하는 거예요?"

고요가 남자와 여자를 빤히 쳐다보며 물었다.

"뭘 하다뇨?"

남자가 당황한 얼굴로 되물었다.

"둘이서 장난치다가 가만히 서 있는 사람을 쳤으면 사과부터해야 하는 거 아니에요?"

고요가 어처구니가 없다는 듯이 두 사람을 노려보았다. 여자가 서점 직원의 눈치를 살피며 슬그머니 남자의 팔을 잡았다.

"아니 그게 아니라……."

"아니긴 뭐가 아니에요, 내가 다 봤는데. 저기 CCTV 있으니까 억울하면 같이 돌려 보든가요."

고요가 천장에 붙은 카메라를 가리켰다.

"세탁비를 물어 줘도 모자랄 판에, 한 권씩 배상하자는 게 말이 된다고 생각해요?"

"그게, 저도 부딪히는 장면을 제대로 본 건 아니라서……."

남자의 얼굴이 점점 빨갛게 달아올랐다.

"제대로 본 게 아니면 어떻게 된 상황인지 먼저 확인을 해야죠. 그리고 서점 입구에 음료 반입 금지 안내문 못 봤어요?"

"미안합니다. 제가 생각이 좀 짧았네요."

할 말이 없어진 남자가 한숨 섞인 목소리로 말했다.

"내가 아니라, 얘한테 사과하셔야죠."

고요가 내 손목을 끌어당기며 말했다.

"저기, 죄송해요. 저도 너무 당황해서."

뒤로 물러나 있던 여자가 나를 향해 고개를 꾸벅였다.

"세탁비는 얼마나 드리면 될까요?"

"아뇨, 괜찮아요."

내가 손사래를 치자 고요가 무서운 눈빛으로 나를 보았다.

"이 정도면 될까요?"

여자가 지갑에서 만 원짜리 지폐 두 장을 꺼내 내게 건넸다.

내가 선뜻 받지 못하자 고요가 휙 낚아채듯 돈을 받아 들었다.

"죄송하게 됐어요."

여자가 남자의 팔을 끌며 서점 직원과 함께 계산대로 향했다. 할 수만 있다면 나도 세 사람을 따라가고 싶었다. 도저히 고요의 얼굴을 마주 볼 용기가 나질 않았다.

"고마워."

나는 가까스로 감사의 인사를 전했다. 대답 대신 짧은 한숨을 내쉰 고요가 여자에게 받은 지폐를 내 주머니에 집어넣었다.

"너 진짜 한심한 거 알아?"

고요가 더는 못 참겠다는 듯이 불쑥 내뱉었다.

"거기서 네가 사과를 왜 해? 괜찮기는 또 뭐가 괜찮아?"

고요의 목소리가 점점 더 거칠어졌다.

"왜 당연히 해야 할 말도 못 하고 바보같이 그러고 있는 건데."

"아니, 나는……."

"착한 아이 콤플렉스 있어? 정신 차려, 그거 착한 거 아냐. 답답하고 미련한 거지."

고요의 말은 틀리지 않았다. 나는 어렸을 때부터 '좋은 사람'이 되고 싶었다. 그래서 때로는 손해를 보기도 하고, 내키지 않는 일을 할 때도 많았다. 특별한 사람은 될 수 없으니 좋은 사람이라는 말이라도 듣고 싶은 얄은꾀가 아닐까, 항상 내 마음을 의심했

165

었다. 솔직히 말하면 하고 싶지 않았는데 차마 거절할 수가 없어서, 마음에도 없는 행동을 했던 순간들이 분명 있었다. 그렇지만 모든 순간이 그랬던 것은 결코 아니다.

"그 사람들에게 사과한 건, 내 잘못도 있다고 생각했기 때문이야."

나는 어렵게 말문을 열었다.

"나도 통로 한가운데 서서 딴생각을 하고 있었으니까, 결국 서로가 서로를 보지 못해서 부딪힌 거니까."

그러자 고요가 무슨 말인가 하려다 입술을 다물어 버렸다.

"그래도 도와줘서 고마워."

고요가 못마땅한 표정을 지으며 고개를 옆으로 돌렸다.

"고맙게 생각할 필요 없어. 너한테 진 빚을 갚은 것뿐이야."

"빚?"

나는 고개를 갸웃거리며 되물었다.

"운동장 수업."

나는 아무런 대답도 하지 못한 채 고요의 눈을 바라보았다.

"네가 써 놓은 거잖아."

고요는 한국사 노트의 내 글씨체를 기억하고 있었다. 살짝 기쁘기도 하고 약간 쑥스럽기도 했으며 아주 조금은 울고 싶은 기분이었다. 그때 고요의 전화벨이 울렸다.

"여보세요."

고요가 전화를 받으며 뒤로 돌아섰다.

"응, 정후야."

고요의 뒷모습이 눈앞에서 점점 멀어졌다. 어느새 가슴속까지
스며든 물기 때문이었을까. 나는 정말로 울고 싶어졌다.

행성과 항성

눈을 뜰 수 없을 정도로 눈두덩이가 퉁퉁 부었다. 밤새 울다 지쳐 잠든 탓이었다. 깜짝 놀란 엄마가 평소보다 두 배는 더 커진 눈으로 나를 쳐다보았다. 나는 이미 후회하고 있다는 듯이, 텅 빈 감자칩 통으로 내 머리를 퉁퉁 두드렸다. 안에 들어 있던 감자칩은 미리 비닐봉지에 넣어 책상 서랍 속에 숨겨 두었다. 그런 사실을 알 리 없는 엄마가 가볍게 눈을 흘기며 감자칩 통을 빼앗아 재활용 상자에 넣었다.

실낱보다 가느다란 겨울비가 내리는 아침이었다. 얼굴도 붓고 속도 더부룩한 것 같아서 공원에서 잠깐 걷고 오겠다고 했더니 엄마도 말리지 않았다. 굳이 우산을 쓰지 않아도 될 날씨였지만, 나는 들고 나온 노란색 우산을 활짝 폈다. 고작 몇 걸음 걸었을 뿐인데 하얀 입김이 눈앞에 아른거렸다.

어째서 그렇게까지 눈물이 멈추지 않았을까. 고요에게 심한 말을 들어서도 아니었고 고요에게 걸려 온 정후의 전화 때문도 아

니었다. 서점에서의 작은 소란 후에 긴장이 풀려서 그런 것은 더
더욱 아니었다. 아니면 이 모든 것들 때문이었을까. 그럴 수도 있
는 걸까.

날씨 탓인지, 주말 아침인데도 사람들의 모습이 거의 보이지
않았다. 나는 곧장 사색의 숲으로 들어가서 보고 싶은 이름들
을 불렀다.

"아폴로, 나비."

촉촉하게 젖은 대나무 사이사이를 주의 깊게 살펴보았다. 그
러나 반환점을 지나 다시 시작점으로 돌아올 때까지도 아폴로
와 나비의 모습은 보이지 않았다. 그만 집으로 돌아갈까 고민하
다가 한 번 더 둘러보기로 했다. 지난주에 엄마와 함께 왔을 때
도 만나지 못했기 때문이다.

"야옹."

반환점을 눈앞에 둔 지점이었다. 풀숲 사이에서 주황색 고양이
가 고개를 빼꼼 내밀었다.

"나비야!"

나는 길 한복판에 쪼그리고 앉아서 나비를 향해 손을 흔들었
다. 나비도 꼬리를 살랑살랑 흔들었다.

"야옹."

나비의 뒤를 이어 아폴로가 모습을 드러냈다. 전보다 살짝 동

그래진 몸을 보니 그동안 배를 곯은 것 같지는 않아서 다행이라는 생각이 들었다.

"잠깐만 기다려 봐."

집에서 가져온 고양이 사료를 그릇에 담아 바닥에 내려놓았다. 그런 다음 우산을 천막처럼 그릇 위에 세워 두고 저만치 뒤로 물러섰다.

"이제 됐어. 얼른 먹어."

나는 턱을 괴고 앉아서 아폴로와 나비가 사료를 먹는 모습을 지켜보았다. 그릇이 하나뿐인데도 사이좋게 나눠 먹는 모습이 예뻤다. 다리가 조금씩 저려 오는 것도, 빗방울이 조금씩 굵어지는 것도 상관없었다. 아폴로와 나비를 바라보고 있자니 마음이 편안해졌다. 뒤섞여 있던 마음의 조각들이 하나씩 제자리를 찾아가는 것 같았다.

"어?"

그릇을 깨끗이 비운 아폴로가 앞발을 쭉 늘이며 기지개를 켰다. 그러고는 바닥에 털썩 엎드려 야옹, 하고 낮게 울었다. 곧이어 나비도 아폴로의 등을 베고 누웠다. 나를 물끄러미 바라보던 아폴로의 눈이 스르르 감겼다.

"잠깐만, 잠깐만!"

나는 다급히 소리쳤지만, 아폴로를 따라 나비까지 더없이 평온

한 얼굴로 눈을 감아 버렸다.

"그래, 피곤했겠지."

나는 우산 아래에서 잠든 고양이들을 가만히 바라보았다. 밤새 내린 비를 피하느라 고단했을 것이다. 빗방울이 점점 굵어져서, 입고 있던 점퍼를 벗어 머리 위로 둘러썼다. 그러고는 핸드폰으로 '고양이 낮잠 시간' 같은 것들을 검색했다. 아직은 괜찮지만, 여기서 더 빗줄기가 굵어지면 그냥 우산을 두고 가야겠다고 생각했다.

아폴로와 나비의 사진을 찍어 지아에게 보냈더니 '이수현답다'라는 답장이 돌아왔다. 오늘 온종일 비 예보가 있으니 감기 걸리지 말고 얼른 집에 가라는 당부도 잊지 않았다.

제법 굵어진 빗줄기가 노란 우산을 타고 흘러내리는데 이상할 정도로 비가 느껴지지 않아서 손바닥을 앞으로 내밀어 보았다. 눈앞에서 흩날리고 있는 빗방울이 그제야 손에 닿았다. 나는 고개를 갸웃거리며 천천히 위를 올려다보았다. 생각지도 못했던 초록빛 하늘이 눈앞에 펼쳐졌다.

"아악!"

나는 비명을 지르며 땅바닥에 주저앉았다.

"미안."

이우연이 당황한 얼굴로 나를 내려다보았다. 언제부터 이러고 있었던 걸까. 원래도 둔감한 편인 데다가 머리와 귀를 옷으로 감싸고 있었던 탓에 내 뒤에 사람이 서 있다는 사실을 전혀 눈치채지 못했다. 잠시 머뭇거리던 이우연이 나를 향해 손을 내밀었다.

"고마······악!"

이우연의 손을 잡고 일어서던 나는 하마터면 앞으로 고꾸라질 뻔했다. 꽤 오랜 시간 쪼그려 앉아 있었더니 양쪽 다리에 전기가 오른 것처럼 쥐가 났기 때문이다.

"괜찮아?"

초록 우산을 든 이우연이 한 손으로 나를 부축했다. 나는 거의 매달리다시피 이우연의 왼쪽 팔을 붙잡았다. 이우연은 의외로 흔들림 없이 나를 지탱해 주었다.

"괜찮아, 다리가 좀 저려서."

나는 너무 창피하기도 하고 당황스럽기도 해서 고개를 들 수가 없었다.

"야옹."

그때 잠에서 깬 아폴로가 이우연을 향해 꼬리를 살랑 흔들며 다가왔다. 놀란 내가 이우연의 등 뒤로 숨자 이우연이 의아한 얼굴로 나를 바라보았다.

"그게, 내가 고양이를 좀 무서워하거든."

"고양이를 무서워한다고?"

나는 천천히 고개를 끄덕였다. 아폴로와 나를 번갈아 보던 이우연이 피식 웃었다. 교복을 입지 않은 이우연은 평소와는 조금 다른 느낌이었다. 검은색 후드티가 아주 잘 어울렸는데, 하얀 얼굴이 한결 더 말갛게 보였다.

이우연이 들고 있던 우산을 내게 건네주고는 아폴로를 향해 걸어갔다. 아폴로가 기다렸다는 듯이 이우연의 발목에 얼굴을 비볐다. 이우연이 아폴로의 이마를 쓰다듬어 주자 나비 역시 이우연의 손등을 핥으며 가르릉거렸다.

"여기."

아폴로와 나비를 한쪽 팔에 안은 이우연이 내 우산을 가져와서 건넸다.

"고마워."

우리는 서로의 우산으로 바꿔 들었다. 이우연이 내 머리를 힐끗 쳐다보며 물었다.

"그러고 가려고?"

"응?"

나는 그제야 머리에 두르고 있던 점퍼를 풀었다. 허둥지둥 옷을 입고 마지막으로 올가미처럼 꼬인 가방끈을 푸는데 번쩍 머리를 스치는 것이 있었다. 오늘은 11월 29일이었다.

"저기, 이거."

생일 축하 대신, 나는 가방에서 꺼낸 새 지우개를 이우연에게 건넸다.

"별거 아니지만, 감사의 선물."

어젯밤 펑펑 우느라 서점에서 산 것들을 꺼내 보지도 못했는데, 그래서 다행이었다.

"내가 써 봤는데, 진짜 잘 지워져."

이우연이 우산대를 목과 어깨에 끼우고는 오른손을 내밀어 지우개를 받았다.

"그럼 안녕."

나는 어색하게 손을 흔든 다음 돌아섰다. 그와 동시에 가슴이 터질 듯이 뛰기 시작했다. 달빛공원은 정말로 많은 사람이 찾는 곳이고 고양이 밥을 챙겨 주는 사람 역시 셀 수 없을 만큼 많을 테니 조금도 이상할 것 없다. 이우연이 내 정체를 알아차렸을 리 없다.

가벼운 감기 기운이 며칠이나 계속됐다. 나는 감기약 대신 비타민을 챙겨 먹고 침대에 누웠다. 습관적으로 SNS에 접속했는데, 기다렸다는 듯이 정후의 메시지가 날아들었다.

▷ 밤바람이 너무 차가워서 놀랐어요. 감기 조심해요, 요즘 유행이더라고요.

정후가 마치 내 상태를 알고 있는 것처럼 말했다.

▶ 이제 집에 들어왔어요?

▷ 아뇨, 방금 창문을 열어 놨거든요.

▶ 안 추워요?

▷ 괜찮아요. 원래 겨울을 좋아해서요. 그렇지만 겨울밤은 싫어요.

▶ 왜요?

▷ 너무 길어서.

▶ 오늘 밤도…… 잠 못 드는 밤이에요?

▷ 오늘은 잠 못 드는 밤이 아니라 잘 수 없는 밤.

가슴에 서늘한 한 줄기 바람이 불었다. 채팅창에서의 정후에게는 언제나 먹구름이 껴 있는 것 같았다. 교실에서와는 너무도 다른 그 모습이 나는 걱정스러웠다.

나는 똑같은 메시지를 몇 번이나 썼다, 지웠다 하다가 눈을 꾹 감고 보내기 버튼을 눌렀다.

▶ 왜 그런지 물어봐도 돼요?

정후의 대나무숲이 되겠다고 다짐했지만, 이런 순간은 여전히 혼란스러웠다. 정후는 이름도 얼굴도 모르는 나와 이야기를 하고 싶은 거지, 1학년 9반 이수현과 이런 대화를 나누고 싶지는 않을 테니까.

▷ 가족이 아파요.

정후가 대답했다.

▷ 누나가 많이 아파요. 꽤 오래전부터.

고등학교 때부터 건강이 좋지 않았던 정후의 누나는 아주 긴 시간 동안 입원과 퇴원을 반복 중이라고 했다. 오늘도 저녁부터 갑자기 누나의 상태가 나빠져서 병원을 알아보던 차에 다행히 증세가 호전되었고, 일단은 집에 머무르고 있지만 언제 다시 나빠질지 모른다고 했다. 아무래도 오늘 밤은 뜬눈으로 누나를 지켜봐야 할 것 같다고 했다.

기나긴 불면의 밤은 누나를 향한 정후의 걱정과 한숨의 깊이였다. 나는 그런 정후의 곁에 있어 주고 싶었다.

밤이 새도록 나는 정후와 이야기를 나누었다. 정후는 이따금 웃음소리로 가득 찬 메시지를 보내기도 했다. 창밖이 희부옇게 밝아 올 때까지, 한순간도 대화가 끊기지 않았다. 이 시간이 지나고 나면 그대로 날아가 버릴 것처럼 한없이 가볍고 소소한 농담들. 그렇지만 핸드폰의 뜨거운 열기에 마음이 놓였다. 지금 이 순간, 정후의 손만큼은 차갑지 않고 따뜻할 것 같아서.

"웬일이야, 스스로 다 일어나고."

아침 준비를 하고 있던 엄마가 별일이라는 듯이 말했다. 이렇게 밤을 꼬박 새운 것은 태어나서 처음이었다. 아무리 못다 한 숙제가 쌓여 있어도 새벽 세 시를 넘긴 적이 없었다. 예전에 정후가 말한 대로 물속에 머리를 담그고 있는 것 같은 기분이었다. 눈은 따갑고 뻑뻑했으며 귀는 이어폰을 꽂은 것처럼 먹먹했다. 이게 꿈인지 아닌지 현실감각마저 떨어졌다.

나는 곧장 욕실로 들어가서 차가운 물로 세수를 했다. 온몸에 힘이 바짝 들어가면서 정신이 좀 드는 듯했다. 나는 빨갛게 얼어붙은 손끝에 호호 입김을 불며 학교에 갈 준비를 마쳤다.

"웬 커피?"

내가 편의점에서 산 커피를 들고 스쿨버스에 오르자 지아가 고개를 갸웃거렸다. 평소에는 커피를 거의 마시지 않기 때문이다. 나는 지아의 주머니에 커피와 함께 산 초콜릿을 넣어 주었다.

"오늘만큼은 내 생명수야."

나는 알루미늄 캔의 뚜껑을 열고 쓰디쓴 커피를 한 모금 마셨다. 내 얼굴이 엉망으로 구겨졌는지, 지아가 재빨리 초콜릿 한 조각을 잘라 내 입에 넣어 주었다.

"진짜 이상해."

지아가 조그맣게 중얼거리며 초콜릿 반쪽을 자기 입에도 넣었다. 무슨 일인지 궁금하지만, 지금은 묻지 않겠다는 뜻이었다. 나는 헤헤 웃으며 지아의 팔짱을 꼈다. 열일곱, 내 인생에 주어진 가장 큰 행운이 무엇이냐고 묻는다면 일 초의 망설임도 없이 대답할 수 있다. 지아, 내 친구 서지아.

"안녕."

교실에 들어서는 나와 눈이 마주친 정후가 가볍게 인사를 건넸다. 정후는 평소와 다름없는 모습이었다. 눈이 충혈되지도 않았고 움직임이 무거워 보이지도 않았다. 언제나처럼 산뜻한 미소를 지으며 다정하게 물었다.

"커피 좋아해?"

"그게, 어젯밤에 잠을 좀 못 자서."

나는 어색한 미소를 지으며 커피 캔을 책상 위에 올려놓았다.

수업이 시작되자 본격적인 졸음이 몰려왔다. 내가 계속 뺨을 때리자 이우연이 이상하다는 듯이 힐끗 쳐다보았다. 그래서 귀를 꼬집는 것으로 방법을 바꾸었다. 나는 깜빡 눈이 감길 때마다 오른쪽 귓불을 이리저리 비틀고 잡아당겼다.

"이수현, 너 귀가 왜 그래?"

식판을 건네주던 지아가 내 귀를 가리키며 물었다.

"왜 어떤……."

핸드폰 카메라로 귀를 확인하던 나는 그만 말문이 막히고 말았다. 오른쪽 귓불에 새빨간 피멍이 들어 있었기 때문이다. 오전 내내 귀를 꼬집었으니 그럴 만도 했다.

"나 지금 태어나서 처음으로 30시간째 깨어 있는 중이거든? 눈을 뜨고 있는 게 기특할 지경이야. 여기가 학교인지 우리 집인지도 모르겠고 아까 3교시에 프린트 제출할 때는 말이야, 내 이름이 생각이 안 나더라."

쉬는 시간에 잠깐이라도 눈을 붙이지 않은 건, 일어날 자신이 없었기 때문이다.

"얼른 먹고 10분이라도 좀 자."

지아가 내 식판에 국을 담아 주며 말했다. 너무 피곤해서인지 입맛도 없어서 점심을 먹는 둥 마는 둥 하고 교실로 돌아왔다. 머리가 책상에 닿는 순간 잠이 들 것 같았는데, 자리를 잡고 엎드리니 막상 잠이 오지는 않는 이상한 현상이 일어났다. 의식이 아예 다른 차원으로 이동한 것 같았다. 아아, 유체 이탈이 이런 느낌이려나. 나는 결국 한숨도 잠들지 못하고 오후 수업 내내 왼쪽 귀를 꼬집어야 했다.

"번호순으로 두 명씩, 다이얼로그 발표하기. 분량은 A4 용지 두 장 정도. 반드시 외워서 할 필요는 없지만, 외워서 발표하는 사람들한테는 가산점이 있겠죠?"

영어 선생님이 수행평가 과제를 알려 주고 교실을 나갔다.

"오늘 시간 어떻게 돼?"

정후가 뒤를 돌아보며 물었다. 아무 생각 없이 멍하니 앉아 있던 나는 되물었다.

"시간?"

"내가 이번 주에 일이 좀 있어서 오늘 했으면 좋겠는데. 괜찮아?"

"뭘?"

"응? 수행평가 말이야."

"아, 응. 괜찮아."

그제야 정신이 돌아온 나는 영어 교과서를 아무렇게나 넘기며 대답했다. 얼마나 넋을 놓고 있었는지, 정후가 내 뒷번호라는 사실조차 까맣게 잊고 있었다.

종례를 마치고 우리는 가방을 챙겨 도서관으로 올라갔다. 길쭉한 대출 창구를 책상 삼아 정후와 나란히 앉았다.

"조금 으슬으슬하다, 그치?"

정후가 의자 뒤에 놓인 라디에이터의 전원을 누르며 말했다. 라디에이터의 열기가 스멀스멀 피어오르자 햇살 아래 누운 것처럼 등이 따뜻해졌다.

"주제는 어떤 거로 할까? 여행자와 현지인?"

정후가 영어 선생님이 예시로 준 주제 몇 가지를 훑어보며 물었다.

"그래, 그걸로 하자."

한글 스크립트는 순식간에 완성되었다. 정후의 영어 실력 덕분에 영작 과정도 순조로웠다.

"집에 가서 누나한테 한번 봐 달라고 할게."

정후가 고심했던 서너 개의 문장에 별표를 그리며 말했다.

"우리 작은누나가 영문학 전공이거든. 지금은 몸이 좀 안 좋아서 휴학 중이긴 한데, 영화나 드라마 같은 건 자막 없이 볼 정도니까 믿어도 될 거야."

정후가 스스럼없이 누나 이야기를 꺼냈다.

"많이 아프셔?"

나는 조심스럽게 물었다. 괜스레 마음이 울컥해졌다. 온전한 진심으로 물어볼 수 있어서.

"좋아졌다 나빠졌다를 반복하는 중. 그래도 결국엔 좋아질 거라고 믿어."

손으로 높낮이를 표현하던 정후가 조금 씁쓸하다는 듯이 웃었다.

"근데, 영어 필기 좀 베껴도 돼?"

정후가 내 영어 교과서를 넘겨 보며 물었다.

"그럼. 얼마든지."

"분명 나도 같은 수업을 들었는데, 어떻게 이렇게 다를 수가 있지?"

정후가 감탄하며 필기를 옮겨 적기 시작했다. 색색으로 꾸밀 시간에 본문을 한 번 더 읽어 보라는 핀잔도 많이 들었는데, 모든 노력은 쓸모가 있다는 말이 가슴으로 느껴지는 순간이었다.

"조금만 기다려 줘. 금방 할게."

"천천히 해. 나는 국어 숙제 하면 되니까."

나는 교과서를 펴고 샤프를 손에 쥐었다. 현대 시를 필사하는 간단한 숙제였다. 그러나 그 간단함이 문제였다. 기지개를 켜고 일어난 글자들이 콧노래를 흥얼거리며 춤을 추기 시작했다. 나는 지금 35시간째 깨어 있는 중이었고 정후의 칭찬에 기분이 좋아졌으며 라디에이터의 열기에 온몸이 따끈따끈했다. 다시 말해서,

더는 버틸 수가 없었다는 뜻이다.

 천천히 눈을 깜빡였다. 누군가의 잠든 얼굴이 보이는 것 같았다. 뭐지, 아직 꿈을 꾸고 있나. 나는 한 번 더 눈을 감았다가 떴다.

 "……."

 벌떡 몸을 일으킨 것과 동시에 간신히 입을 틀어막았다. 달라진 공기의 흐름을 느꼈는지, 잠든 정후의 눈썹이 살짝 꿈틀거렸다. 깜깜해진 창밖에 놀라 시간을 확인해 보니 여덟 시가 훌쩍 지나 있었다. 깜빡 잠이 든 정도가 아니라 무려 두 시간을 넘게 자고 일어난 것이다.

 그때 내 앞에 놓인 교복 카디건 하나가 눈에 들어왔다. 베개처럼 동그랗게 말아 놓은 정후의 카디건.

 나는 잠든 정후의 얼굴을 가만히 바라보았다. 자신의 카디건은 내 머리에 받쳐 주고 정작 본인은 오른팔을 베고 곤히 잠들어 있었다. 마음 같아서는 이 밤이 다 지날 때까지 정후를 깨우고 싶지 않았다.

 "언제 일어났어?"

 잠이 깬 정후가 나른한 목소리로 물었다.

 "미안. 나 때문에 많이 당황했지."

나는 돌돌 말린 정후의 카디건을 반듯하게 폈다.

"아냐, 덕분에 진짜 잘 잤어."

정후가 두 팔을 위로 쭉 뻗으며 웃었다.

"하품이 전염된다는 말은 들었는데 잠도 그런가 봐. 수현이 너자는 거 보니까, 나도 엄청 졸리더라."

나는 땅굴이라도 파고 들어가고 싶을 만큼 부끄러웠지만, 정후를 잠들게 할 수 있다면 이런 기분쯤은 얼마든지 견딜 수 있을 것 같았다.

우리는 도서관의 불을 끄고 밖으로 나갔다. 계단이 잘 보이지 않을 만큼 깜깜했지만 야간 자율학습이 한창인 2학년 교실은 불이 환하게 켜져 있었다.

"어, 오리온자리."

정후가 나란히 떠 있는 세 개의 별을 가리키며 말했다. 문득 정후를 처음 만났던 날이 떠올랐다. 찬란한 별빛이 모두 내 가슴속으로 쏟아지는 것 같았던 그 순간.

"아, 나도 한순간이라도 좋으니까, 저렇게 반짝반짝 빛나 보고 싶다."

"지금은 아닌 것 같아?"

정후가 옅은 웃음을 지으며 물었다. 나는 고개를 끄덕였다.

정후는 계속해서 나와 같은 방향으로 걸었다. 집이 어느 쪽이냐고 물어도 웃기만 할 뿐 대답해 주지 않았다.

"여기야, 우리 집."

나는 아파트 정문에 멈춰 섰다. 주위를 천천히 둘러보던 정후가 내 어깨 너머를 가리키며 말했다.

"금성이다."

초승달 옆으로 낮게 걸린 별 하나가 보였다. 다른 별들과는 비교할 수 없을 정도로 선명하고 눈부시게 빛나고 있었다.

"저게 금성이었구나."

"태양이랑 달을 제외하면 지구에서 가장 밝게 보이는 별인데, 금성은 사실 빛을 내는 별이 아니잖아."

정후가 금성을 바라보며 말했다. 과학 시간에 배웠던 행성과 항성의 차이점이 떠올랐다. 스스로 빛을 내는 별인 항성과 다른 항성의 빛을 반사해서 반짝이는 행성.

"그렇지만 저렇게 가장 밝게 빛나는 별이기도 하지."

정후가 내 눈을 가만히 바라보았다.

"수현이 너도 그래."

한낮의 플라네타륨

"엄마, 내 눈을 처음 봤을 때 어땠어?"

"갑자기?"

오렌지주스를 따라 주던 엄마가 뜬금없이 무슨 소리냐는 듯 되물었다.

"너무 작아서 놀라지 않았어?"

나는 엄마가 구워 준 토스트에 잼을 바르며 인형처럼 눈을 깜빡였다.

"네 눈이 작은 편은 아니지."

"아니, 엄마랑 아빠에 비하면 말이야."

"글쎄, 그런 생각은 해 본 적 없고, 엄마 눈이랑 아빠 눈이 섞이면 이런 모양이구나 하고 신기했었어."

엄마가 기억 속을 걷는 듯한 얼굴로 말했다.

"내가 야구를 좋아했으면 어땠을까?"

"재밌었겠지, 같이 야구장도 가고."

"아빠를 조금 더 닮았으면 손재주가 좋았겠지?"

"아마도."

"엄마를 조금 더 닮았으면 운동신경이 좋았을 거야."

나를 가만히 바라보던 엄마가 식탁 의자에 앉으며 말했다.

"너 어렸을 때 말이야."

엄마가 눈짓으로 거실 벽에 걸린 내 돌 사진을 가리켰다.

"모두가 널 유니콘이라고 불렀어."

"유니콘?"

"잘 먹고 잘 자고 잘 놀고. 정말 동화 속에서나 나올 법한 아기라고."

내가 아주 순한 아기였다는 것은 다른 가족들에게서도 익히 들었던 이야기다. 양가에서 얻은 첫 번째 손녀였던 데다가 낯가림 없이 누구에게나 덥석덥석 잘 안겨서 정말로 많은 사랑을 받았다고 했다.

"졸리면 그대로 폭 쓰러져서 잠들고 자다가 깨도 울지 않고 엄마와 눈이 마주치면 언제나 방글방글 웃어 줬어. 산후우울증이 뭔지도 몰랐어. 엄만 너를 만나서 너무 행복했거든."

엄마가 그 시절을 떠올리는 듯 빙그레 미소를 지었다.

"돌아가신 엄마 할머니가 그러셨어. 자식은 품 안에 있을 때 부모에게 해야 할 효도를 다한 거라고. 부모는 그 시절 자식에게 받은 사랑으로 남은 평생을 살아가는 거라고."

엄마가 고개를 천천히 끄덕이며 말했다.

"물론 걱정스러운 순간들도 있었어. 맛있는 간식, 예쁜 장난감이 있으면 친구들에게 다 줘 버리고 놀이터에서 누가 밀어 넘어뜨려도 그냥 툭툭 털고 일어서는 너를 볼 때면 가슴이 아팠지. 저 여린 마음으로 이 험한 세상을 잘 버텨 낼 수 있을까."

괜히 쑥스러워진 나는 우스꽝스러운 표정을 지으며 토스트를 한 입 베어 물었다.

"한번은 너를 밀었던 그 개구쟁이 녀석이 넘어졌는데, 네가 달려가더니 그 애를 일으켜 주는 거야. 그 애는 부끄러웠는지 네 손을 휙 뿌리치고 도망을 갔는데, 세상에! 다음 날부터 다른 녀석들이 네 근처에만 와도 저 멀리서 뛰어와서는 슬금슬금 그 애들 앞을 막아서더라고. 혹시라도 너를 밀거나 너랑 부딪힐까 봐. 눈썹이 새까맣고 코가 아주 예쁜 남자애였는데, 진짜 귀여웠어."

엄마는 엊그제 일처럼 얘기했지만, 나는 전혀 기억하지 못하는 시절의 이야기였다.

"그때 알았지. 아, 수현이 너는 너만의 방식이 있구나. 나는 참으로 다정하고 단단한 아이를 낳았구나. 코끝이 찡해졌지."

스스로 빛을 내지 않아도 밝게 빛나는 별이 있다고 말해 주던 다정한 목소리가 떠올랐다. 자신은 스물세 번째 피규어라고 했던 이우연의 말도 떠올랐다. 나 또한 그 어디쯤 서 있겠지만, 그래도 괜찮았다. 나는 엄마의 특별 한정판은 아니지만 엄마에게 꼭 필요했던 피규어다. 그걸로 됐다. 그러면 충분했다.

"다녀오겠습니다!"

나는 씩씩하게 외치며 집을 나섰다. 아파트 입구에서 나를 기다리고 있던 지아가 손을 흔든 것과 동시에 가벼운 재채기를 했다.

"감기 걸렸어?"

코를 훌쩍이는 지아에게 물었다.

"아니, 방금 하루살이가 콧구멍에 들어갈 뻔했거든."

우리는 제대로 걷기가 힘들 정도로 깔깔거리며 웃었다.

"굿모닝."

교실에 들어서자 내 자리에 앉아 있던 수하가 자리에서 일어서며 인사를 건넸다. 수하 앞에 앉은 정후도 나를 향해 손을 짧게 흔들었다.

"안녕."

나는 그 애들을 향해 미소를 지었다. 핸드폰을 보고 있던 이우연과 스치듯 눈이 마주치긴 했지만, 따로 인사를 나누지는 않았다.

오늘은 나보다 고요가 먼저 등교해서, 고요의 책상이 어땠는지 모르겠다. 고요는 언제나처럼 표정 없는 얼굴로 수학 문제집을 풀고 있었다.

문제를 잘못 풀었는지 지우개질을 하던 고요가 지우개를 떨어트렸다. 통통 바닥을 굴러가던 지우개는 세나의 발밑에서 멈췄다. 그 사실을 알 리 없는 세나는 이어폰을 꽂은 채 핸드폰만 보고 있었다. 짧은 한숨을 내쉰 고요가 어쩔 수 없다는 듯이 다시 문제집을 풀기 시작했다. 고요는 2교시 쉬는 시간이 되어서야 자리에서 일어섰다.

"잠깐만, 세나야."

나는 고요가 교실 밖으로 나간 틈을 타서 고요의 지우개를 집어 들었다. 그러고는 그냥 지나치는 척, 아무도 모르게 고요의 책상 위에 올려놓았다. 누군가 고작 이것이 너만의 방식이냐고 묻는다면 나는 용기를 내어 고개를 끄덕일 것이다.

자리로 돌아온 나는 오늘 집에 갈 때까지 오른쪽은 쳐다보지 않기로 다짐했다. 혹시라도 눈이 마주치면 고요는 지우개를 올려 둔 게 나라는 걸 곧바로 알아차릴 테니까.

오른팔을 베개 삼아 책상 위로 엎드렸다. 그런데 샤프가 아닌 연필을 손에 쥔 이우연이 드로잉북에 그림을 그리고 있었다. 우산 아래 잠든 고양이 두 마리.

나는 떨리는 마음으로 이우연의 그림을 바라보았다. 색은 칠해지지 않았지만, 아폴로 옆에 나란히 누운 고양이의 원래 색은 주황색일 것이다. 그리고 회색 연필로 채워진 우산의 진짜 색깔은 그보다 조금 더 밝은 노란색이겠지.

내 시선을 느낀 이우연이 슬그머니 그림을 가렸다. 나는 내가 이우연의 그림을 얼마나 좋아하는지, 그 애의 얼굴을 마주 보며 꼭 말해 주고 싶었다.

"아……."

하마터면 아폴로라고 말할 뻔한 나는 가까스로 말끝을 길게 늘여 대형 사고를 막아 냈다. 이우연이 의아하다는 듯 나를 쳐다봤다.

"……옹이."

"어?"

이우연이 내 얼굴을 바라보며 물었다.

"그러니까, 야옹이. 야옹이들 너무 멋지다."

당황한 나는 더듬거렸다. 세상에, 야옹이라니. 쥐구멍이라도 있다면 숨고 싶었다.

무슨 일인가 싶어 뒤를 돌아본 정후가 이우연의 드로잉북을 보더니 말했다.

"그러네. 까만 야옹이, 안 까만 야옹이. 너 진짜 잘 그린다."

이우연을 향해 엄지를 치켜세운 정후가 다시 돌아앉으며 중얼거리듯 덧붙였다.

"근데 오늘 맘마가 뭐더라."

"풋!"

결국 웃음이 터진 이우연이 황급히 창밖으로 고개를 돌렸다. 이우연은 안경을 고쳐 쓰고 아랫입술을 질끈 깨물었다. 나는 다시 뒤를 돌아본 정후와 눈이 마주쳤고 우리는 누가 먼저랄 것도 없이 웃음을 터트렸다. 책상 위로 엎드린 정후는 어깨를 들썩였고 이우연은 웃다가 입술을 깨물었다가를 반복했다.

이제껏 몰랐는데, 이우연은 웃으면 양쪽 눈 아래로 고양이 수염 같은 주름이 잡히면서 개구쟁이 같은 얼굴이 되었다. 평소의 단정한 얼굴과는 전혀 다른 느낌이었다.

잠시 후 누군가의 부름을 받은 정후가 자리에서 일어서고 이우연이 다시 그림에 집중하기 시작했을 때, 나는 살며시 이우연의 SNS에 들어가 보았다. 혹시나 하는 생각이 들었지만 새로운 게시물은 없었다. 다만, 똑같은 피규어 세 개가 놓인 사진 아래 쓰여 있던 트리플플레이라는 글자가 지워져 있었다.

창백하고 푸른

항상 나보다 먼저 등교하던 이우연이었는데, 지각 직전에야 교실에 들어서는 날이 잦아졌다. 손에 희미하게 남은 물감 자국을 보면 그림을 그리다가 오는 것 같았다. 그저께 SNS에는 연필로 그린 풍경화가 올라왔는데, 그 밑에 '아주 오랜만에 마음에 드는 그림'이라고 쓰여 있었다. 바람에 흔들리는 대나무가 한눈에 봐도 사색의 숲이라는 걸 알 수 있었다.

그러나 이우연의 등교 시간이 늦어질수록 고요의 책상이 더럽혀지는 날도 늘어났다. 이우연이 미리 치워 주지 않으니 그 횟수가 고스란히 드러나는 것 같았다. 고요는 여전히 아무렇지 않아 보였지만, 어젯밤 내게 보낸 메시지는 그렇지 않았다.

읽지 않음으로 남겨 둔 바다의 메시지에는 도망치고 싶다는 말이 떠 있었다. 아주 오랜만에 온 바다의 메시지였지만 나는 그 메시지를 차마 누를 수가 없었다. 거짓말 아닌 거짓말을 더는 계속할 수 없었다. 나는 비밀 계정을 지우지도 못하고 그렇다고 채팅창에 들어가지도 못한 채로 밤새 잠을 이루지 못했다.

"그러니까, 네가 대신 치워 주고 싶다고?"

지아가 도무지 이해할 수가 없다는 얼굴로 되물었다.

"왜? 뭐 때문에?"

"말했잖아, 고요가 날 도와줬다고."

나는 서점에서 있었던 일을 지아에게 상기시켰다.

"아니, 고마운 일이긴 한데. 그렇게까지 할 필요가 있어?"

"내가 해 줄 수 있는 일이니까."

예전에 한번 그랬던 것처럼, 그리고 이우연이 매일 그랬던 것처럼 나는 제일 먼저 등교해서 고요의 책상을 치워 주고 싶었다. 그러려면 평소보다 30분 정도 일찍 일어나야 하고 지아와 함께 등교할 수도 없었다. 요즘처럼 칼바람이 부는 아침에 스쿨버스도 탈 수 없겠지만 괜찮았다.

"이수현답다. 아주 이수현다워."

지아가 포기했다는 듯이 고개를 절레절레 흔들었다. 나는 범인을 색출해서 다시는 이런 일을 할 수 없게끔 만들 수 있는 능력은 없지만, 책상을 깨끗이 치우는 일은 얼마든지 할 수 있었다. 그저 임시방편에 불과하더라도 내가 할 수 있는 일을 하고 싶은 것이 내 마음이었다. 답답하고 미련해 보일지라도 이게 내 방식이니까.

"지아야!"

깜짝 놀란 나는 지아를 향해 달려갔다. 학교에서 보자는 내 메시지를 읽고도 답장이 없던 지아가 평소처럼 우리 아파트 입구에서 나를 기다리고 있었기 때문이다.

"은고요 책상에는 손도 안 댈 거야."

두 뺨이 빨갛게 물든 지아가 코를 훌쩍이며 말했다.

"집에 오는 길에 따뜻한 밀크티 한잔 어때?"

"네가 쏘는 거야?"

"당연하지!"

"그럼 마셔는 드릴게."

추위에 약한 지아가 어깨를 움츠리며 장난을 쳤다. 나는 지아의 팔을 꼭 끌어안았다. 한파 특보가 내린 아침이었지만, 지아의 온기가 봄바람처럼 따스했다.

"점점 더 심해지네."

지아가 고요의 책상을 바라보며 중얼거렸다. 나는 가방을 내려놓고 물티슈를 꺼냈다. 날씨가 추워서 다행이었다. 그렇지 않았으면 터진 우유 팩에서 참기 힘든 냄새가 났을 거다. 눈썹을 찌푸린 지아가 슬그머니 쓰레기통을 내 옆에 가져다주었다.

기말고사가 시작되면서 고요의 책상이 더럽혀지는 일은 잠깐 멈추었다. 그러나 시험이 끝나자마자 기다렸다는 듯이 다시 시작되었고 나는 다시 지아와 함께 30분씩 일찍 등교했다. 그러다 딱 하루 늦잠을 잔 날이었다. 학교에 도착했는데, 교실 분위기가 심상치 않았다.

엉망이 된 고요의 책상 앞에 선 정후가 표정을 읽을 수 없는 얼굴로 핸드폰을 확인하고 있었다.

"무슨 일이야?"

지아가 수하의 등을 톡톡 두드리며 물었다.

"정후가 카메라로 찍고 있었나 봐."

정후는 마치 CCTV를 설치하듯, 안 쓰는 핸드폰을 화분 속에 넣어 두었다고 했다.

"뭘 찍었는데?"

"은고요 책상 테러범."

수하가 눈짓으로 고요의 자리를 가리켰다.

"언제부터?"

"글쎄."

어디서부터 어디까지 찍혀 있을까. 나는 괜히 도둑질이라도 한 사람처럼 마음이 덜컥 내려앉았다.

"손대지 마."

책상을 치우려는 고요의 손을 정후가 붙잡았다. 차갑게 굳은 얼굴, 가까스로 화를 참고 있는 듯한 목소리. 처음 보는 모습이었다.

"치우지 말고 기다려."

핸드폰을 손에 든 정후가 교실을 나갔다. 정후의 모습에 놀란 아이들이 수군거렸다. 잠시 후, 정후가 옆 반 여자아이 두 명을 데리고 교실로 돌아왔다.

"고요한테 사과해."

정후의 말에 쭈뼛거리며 서로의 눈치를 살피던 여자아이들이 마지못해 사과했다.

"미안."

고요는 아무 대답 없이 그 애들의 얼굴을 물끄러미 바라보았다.

"치워."

정후의 목소리가 서릿바람보다 매서웠다. 한 아이가 금방이라도 울음을 터트릴 것 같은 눈으로 정후를 노려보았다.

"너희가 한 짓이니까, 너희가 직접 치우라고."

결국 그 애가 울며 교실을 뛰쳐나갔고 정후를 쏘아보던 단발머리도 그 뒤를 따랐다.

정후와 고요는 오전 내내 자리를 비웠다. 고요의 책상을 더럽힌 아이들도 상담실로 불려 갔다. 그리고 3교시가 끝나 갈 무렵,

나는 상담실로 내려오라는 호출을 받았다.

"거기 앉아, 수현아."

담임 선생님이 부드러운 목소리로 말했다. 상담실에는 고요만 앉아 있었고 다른 아이들의 모습은 보이지 않았다.

"고요 책상을 치워 주고 있었다면서."

선생님이 내 손을 꼭 잡았다. 맞은편에 앉은 고요가 내 얼굴을 가만히 노려보았다. 서점에서 나를 보던 고요의 표정이 떠올랐다. 내가 할 수 있는 일을 하자고 마음먹었지만 정말로 고요에게는 알리고 싶지 않았는데. 나는 고요의 눈을 마주 볼 자신이 없어서 테이블 위에 놓인 서류만 쳐다보았다.

"어떻게 그렇게 기특한 생각을 했어?"

"아니에요. 대단한 일을 한 것도 아니고 저 혼자 한 일도 아닌데……."

"아까 지아가 먼저 왔었어. 수현이 너 혼자 한 행동이라고, 본인은 전혀 돕지 않았다고 아주 단호하게 말하던걸."

선생님이 미소를 지으며 말했다. 언제 선생님을 찾아갔는지 모르겠지만, 항상 분명하고 당당하게 움직이는 지아다웠다. 그래서 우리 두 사람이 친한 것을 신기하게 바라보는 아이들이 많았다. 가끔은 나도 그런 생각이 들었다. 매번 망설이고, 물러서고, 끝내 포기해 버리는 나를 보면서 지아가 지쳐 버리진 않을까.

나는 엄지손톱으로 검지 끝마디를 꾹 누르며 물었다.

"저희 둘뿐이었나요?"

"응?"

나는 떨리는 목소리를 가다듬으며 한 번 더 물었다.

"그러니까, 카메라에 찍힌 사람이 지아랑 저뿐이었나요?"

빨갛게 달아오른 귀가 얼얼하게 느껴졌다. 나는 왜 있는 그대로의 사실을 말하는 것에도 이만큼의 용기가 필요한 걸까.

"응, 우리 반 아이는."

나는 제멋대로 뛰고 있는 가슴을 진정시키기 위해 숨을 한번 크게 들이마셨다.

"한 명 더 있어요!"

나는 선생님과 고요를 번갈아 바라보며 소리쳤다.

"우연이요, 이우연."

"우연이?"

선생님이 고개를 갸웃거리며 되물었다.

"네, 원래 고요의 책상을 치운 사람은 우연이였어요. 그런데 얼마 전부터 제가 조금 더 일찍 등교하면서 먼저 한 것뿐이에요. 그전까지는 우연이가 해 왔던 일이었어요."

"아, 그랬구나."

선생님이 가만히 고개를 끄덕였다. 그건 고요도 마찬가지였다. 두 사람의 반응에 괜스레 서운해진 나는 자리에서 벌떡 일어섰다.

"저 그만 나가 봐도 될까요?"

"그래, 너무 예쁘고 대견하다고 칭찬해 주고 싶어서 불렀어."

선생님이 더없이 다정한 미소를 지으며 말했다.

"고요도 교실에 올라가 있을래?"

고요가 선생님께 고개를 꾸벅이고는 나보다 먼저 상담실을 나갔다. 고요는 곧장 교실로 올라가서 가방을 챙겨 들더니 밖으로 나가 버렸다. 더는 학교에 있고 싶지 않은 듯했다. 아이들은 그런 고요의 뒷모습을 바라만 볼 뿐이었다.

"다 자업자득이지 뭐."

채희가 고개를 절레절레 흔들었다.

"근데 이수현 쟤는 뭐야?"

지유가 못마땅하다는 듯이 나를 슬쩍 흘겨보았다.

"착하다고 해야 할지, 하녀 근성이라고 해야 할지."

"야, 김지유! 너 지금 뭐라고 그랬어?"

지아가 지유를 향해 버럭 소리를 질렀다.

"아니, 수현이같이 자꾸 챙겨 주는 애들이 있으니까 은고요가 저렇게 제멋대로 구는 거잖아. 내 말이 틀려?"

"네가 수현이에 대해서 뭘 안다고 떠들어?"

"하지 마, 지아야."

나는 지아의 손목을 끌어당겼다. 입술을 깨문 지아가 나를 빤히 쳐다보았다. 단순히 싸움이 싫어서가 아니다. 누군가는 지유처럼 생각할 수도 있다고 생각했다.

"부탁이야, 제발."

지아가 답답하다는 듯이 짧은 한숨을 내쉬고는 자리에 앉아 이어폰을 귀에 꽂았다.

나는 쏟아질 것 같은 눈물을 꾹 참으며 책상 서랍에서 영어 교과서를 꺼냈다. 이우연은 고개를 완전히 옆으로 돌린 채 창밖을 내려다보고 있었다. 시선 끝에는 운동장 한가운데를 걸어가고 있는 고요의 뒷모습이 있었다. 조금 전까지도 아무 일 없다는 듯이 담담하기만 했던 고요. 그렇지만 영영 혼자일까 봐 두렵다던 고요.

나는 벌떡 일어나 운동장으로 달려 나갔다. 풍선이 터진 것처럼 내 안에서 무언가가 깨어진 것 같았다. 무슨 생각이 있었던 것도 아니고 무슨 할 말이 있었던 것도 아니었지만, 고요를 그렇게 보내선 안 될 것 같았다.

"고요야!"

나는 처음으로 소리 내어 고요의 이름을 불렀다. 교문을 막 벗어난 고요가 걸음을 멈추고 뒤를 돌아보았다. 나는 밭은 숨을 몰

아쉬며 고요의 앞에 섰다. 그러나 막상 무슨 말을 해야 할지 머리가 새하애졌다.

"그게, 그러니까……"

"제발 부탁인데."

고요가 나를 무섭게 노려보며 말했다.

"내 앞에서 좀 꺼져 줄래?"

칼바람보다 서늘한 고요의 눈빛에 나는 꼼짝도 할 수가 없었다.

"너 같은 애들, 정말 최악이니까."

내 안에 차올랐던 용기가 순식간에 사그라들었다. 지금 내가 할 수 있는 일은 하나도 없는 것만 같았다. 정후가 말했던 무력감이 이런 걸까.

우두커니 서 있는 나를 뒤로하고 고요는 가 버렸다. 그리고 다음 날, 고요는 학교에 나오지 않았다.

목요일에는 결석자가 한 명 더 늘었다. 정후가 학교에 나오지 않은 것이다. 담임 선생님도 별다른 말은 없었다. 다들 고요의 일 때문에 그런 게 아닐까 추측만 할 뿐, 정확한 이유는 수하도 알지 못했다.

그날 저녁, 한참을 망설이다가 나는 결국 정후에게 메시지를 보냈다. 내가 먼저 보낸 것은 처음이었다.

▶ 잘 지내고 있어요?

분명 접속 중이 아니었는데, 곧바로 정후의 답장이 도착했다. 핸드폰을 보고 있었던 모양이었다.

▷ 아뇨, 그저께부터 한숨도 못 잤어요.

기뻐할 수만은 없는 대답이었지만, 정후의 안부를 확인한 것만으로 마음이 놓였다.

▶ 무슨 일 있어요?
▷ 어젯밤에 누나가 입원했거든요. 응급실에서 계속 대기하고 있다가 지금 막 자리가 나서 병실로 옮겼어요.

건강이 좋지 않다던 정후의 누나에게 문제가 생긴 모양이었다.

▶ 많이 심각한 거예요?
▷ 아마도요.

▸ 수술이 필요할 정도로요?

▷ 차라리 수술이라도 할 수 있으면 좋겠어요.

수술을 할 수 없다니, 손도 쓸 수 없을 만큼 누나의 상태가 나쁘다는 걸까.

▷ 우울증, 불안장애, 강박.

정후가 그리 낯설지 않은 병명들을 천천히 나열했다.

▷ 이 모든 것들이 누나를 오랫동안 괴롭히고 있어서.

정후 누나의 우울증은 고등학교 2학년 무렵부터 시작되었다고 한다. 가족들은 단순히 성적 스트레스나 늦은 사춘기쯤으로 생각했을 뿐, 누나가 학교폭력의 피해자였다는 사실을 조금도 눈치채지 못했다고 했다.

▷ 누나는 공부도 잘했고 친구들한테 인기도 많았거든요.

가까스로 고등학교를 졸업하긴 했지만, 정후의 누나는 여전히 그 시절의 고통 속에 갇혀 있다고 했다.

▷ 많이 좋아졌다고 생각했는데, 다시 처음으로 되돌아간 것 같아요.
▷ 가장 힘든 사람은 당연히 누나겠지만, 가족들도 많이 지쳤어요.

정후는 고요가 겪는 일들을 보면서 참을 수 없는 고통과 분노를 느꼈을 것이다. 나는 정후의 마음을 감히 헤아릴 수조차 없었다.

▷ 누구 하나 쓰러지면 모두 다 같이 무너져 내릴 게 뻔하니까, 필사적으로 버티고 있는 것 같아요. 그래서 더 안쓰럽고 괴로워요.
▷ 내가 더 노력해야겠죠.

그렇지만 해 줄 수 있는 것이 없어서 괴로운 마음만큼은 알 것 같았다.

▶ 뭔가 힘이 나는 말을 해 주고 싶은데…… 미안해요.
▷ 예전에, 곁에 있어 주는 것만으로도 힘이 될 때가 있다고 그랬죠?
▷ 지금 나한테 그렇게 해 주고 있잖아요.

뭐라고 답해야 할지 알 수 없었다. 힘이라니. 따스한 위로 한마디도 제대로 하지 못했는데.

▷ 축구 경기를 보면, 골대 가까이에 있다가 좋은 패스를 받아서 골을 넣는 선수들 있잖아요.

정후가 갑자기 다른 얘기를 시작했다.

▷ 언뜻 보면 그저 운이 좋은 것처럼 보일 때도 있어요. 힘들게 돌파를 한 것도 아니고 다른 선수들이 잘 차려 준 밥상에 수저만 뜨는 것 같은.
▶ 그렇죠. 저처럼 축구를 잘 모르는 사람들은 신기할 때도 있어요. 어떻게 딱 그 위치에 서 있을 수 있었을까.
▷ 축구에서는 그걸 위치 선정이라고 해요. 적절한 시점에 적절한 위치에 서 있는 것. 골을 넣어야 하는 스트라이커에게 그보다 더 중요한 능력도 없거든요.

정후는 천천히 말을 이어 나갔다.

▷ 만약 내 문제였다면 가까운 친구들에게 털어놨을 거예요. 그런데 엄격하게 말하면, 이건 내 문제는 아니니까 함부로 말할 수가 없었어요. 그래서

정말로 대나무숲 같은 누군가가 필요했어요.

▷ 위로의 말을 바란 게 아니에요. 들어 주는 것만으로 충분했어요.

그저께부터 한숨도 잠들지 못했다는 정후는 오히려 나를 위로하고 있었다.

▷ 누군가의 이야기를 들어 주는 게 결코 쉬운 일은 아니에요. 생각해 봐요. 지금 당장 나에게 힘든 일이 있으면 누군가의 이야기를 듣고 있을 여유가 없잖아요. 혹은 나를 필요로 하는 누군가가 전화를 걸었는데, 다른 바쁜 일이 있어서 전화를 받을 수 없었다든가.

▷ 어느 특정한 시점에 누군가의 곁에 있어 줄 수 있는 것, 그걸 우연이라고 할 수도 있겠죠. 그런데 나는 그것도 위치 선정이라고 생각해요.

나는 코를 훌쩍이며 손등으로 눈물을 꾹꾹 눌러 닦았다. 캄캄하게만 여겨졌던 나의 지난 밤들이 반짝반짝 빛나는 것 같았다.

▷ 늘 아슬아슬하게 찰랑거리고 있던 마음이 속수무책으로 쏟아진 하루였어요. 잘 지내고 있냐는 메시지를 봤을 때, 내 기분이 어땠는지 상상도 할 수 없을 거예요.

나도 정후처럼 누군가의 한순간을 빛나게 만들어 줄 수 있을까. 나에게도 그런 힘이 있을까. 여전히 알 수 없었지만 가장 먼저 해결해야 할 문제가 있다는 것만은 알았다.

메시지가 아닌 목소리로 말해야 한다. 내가 나라는 걸.

▷ 고마워요, 정말로 엄청난 위치 선정이었어요.

정후가 활짝 웃는 이모티콘을 보냈다.

그러나 정후는 다음 날도 학교에 나오지 않았다. 고요 역시 마찬가지였는데, 가해자들의 징계 절차가 마무리될 때까지 등교하지 않을 생각인 것 같았다.

그리고 12월의 마지막 금요일, 전혀 예상하지 못했던 또 한 명의 결석자가 발생했다.

탐사의 시작

"거기, 정후 뒤에 빈자리 누구지?"

담임 선생님이 정후의 뒷자리를 가리키며 물었다. 그런데 선 뜻 대답하는 아이가 한 명도 없었다. 나는 조금 울컥하는 마음 으로 손을 들었다.

"이우연이요."

"아, 우연이."

선생님이 고개를 끄덕이며 출석부에 작은 표시를 했다.

"혹시 우연이한테 연락받은 사람?"

역시나 아무도 대답하지 않았다.

"이상하네, 무슨 일이지."

나는 선생님이 교실을 나가자마자 곧바로 SNS에 접속했다.

▷ 혹시 아폴로 만나면 나한테 꼭 알려 줘.

새벽 세 시에 온 메시지가 있었다. 얼른 이우연의 피드를 확인해 보았다.

게시물의 절반 이상이 사라지고 아폴로의 사진만이 남아 있었다. 이우연의 그림이 없는 이우연의 피드를 망연히 들여다보는데 문득 떠오르는 것이 있었다. 혹시……. 나는 예전에 이우연에게 보내 주었던 미술대회의 공식 홈페이지로 들어갔다. 공지사항에 수상자 발표 게시물이 보였고 부문별 입상자들이 첨부 파일로 올라와 있었다. 나는 떨리는 마음으로 다운로드 버튼을 눌렀다.

명단에 이우연의 이름은 없었다. 만약 이우연이 대회에 참가했다면, 결과를 확인했을 때 그 애는 무슨 생각을 했을까. 그제야 내가 얼마나 가볍게 생각하고 행동했는지, 수치심에 가까운 죄책감이 밀려왔다. 차라리 아무것도 하지 말걸. 지금까지 그래 왔던 것처럼 한발 뒤로 물러서서 그저 바라만 볼걸. 나는 왜 이렇게 주제넘은 짓을 해 버렸을까.

토요일 아침, 나는 지아를 끌고 사색의 숲으로 향했다.

"설마 또 그 고양이 때문이야?"

지아가 한숨을 내쉬었다. 새하얀 입김이 꽁꽁 얼어붙은 공기의 온도를 말해 주었다.

"응, 반드시 찾을 거야. 찾기 전까지는 집에 안 갈 거야."

지아가 입을 쩍 벌린 채 나를 바라보았다. 나는 눈가에 맺힌 물기를 손등으로 쓱쓱 닦으며 수풀 사이를 샅샅이 살폈다. 밤새 몇 번이나 SNS를 확인했지만 이우연은 접속하지 않았다.

"그래, 일단 찾고 난 다음에 얘기하자."

지아가 어깨를 축 늘어뜨리며 말했다. 금방이라도 눈이 펑펑 쏟아질 것 같은 날씨였다. 다들 어디로 숨어 버렸는지, 개미 한 마리 보이지 않았다. 그렇게 한 시간쯤 지났을 무렵이었다.

"근데 여기서만 지내는 거 맞아? 다른 곳에 있을 수도 있잖아."

지아의 말이 맞았다. 아폴로는 길고양이인데 사색의 숲에만 머물러 있을 리가 없었다. 다른 곳으로 가 봐야 할지 결단이 필요한 순간이었다. 바로 그때, 수풀 속에서 우리를 바라보고 있는 고양이와 눈이 마주쳤다.

"나비야!"

그런데 평소와는 달리 나비가 좀처럼 경계를 풀지 않았다. 야옹, 하고 울지도 않았고 모습을 얼른 드러내지도 않았다.

"나비야."

쪼그리고 앉은 지아가 나지막한 목소리로 나비를 불렀다.

"괜찮아, 이리 와 봐."

지아가 조심스럽게 손을 내밀자 나비가 야옹, 하고 울었다. 천천히 수풀 밖으로 나온 나비는 말끔한 얼굴이었다.

"잘 지내고 있었구나."

나는 안도의 한숨을 내쉬었다.

"나비야, 네 친구는 어디 갔어?"

지아가 나비의 턱을 부드럽게 쓰다듬으며 물었다. 나비가 물끄러미 지아의 눈을 바라보았다. 그러고는 뭔가 결심이라도 한 듯, 꼬리를 바짝 세운 채 발걸음을 옮겼다.

"따라오라는 뜻인가?"

지아가 고개를 갸웃거리자 나비가 뒤를 돌아보았다. 얼른 따라오지 않고 뭐 하냐고 묻는 것 같았다.

"가 보자!"

우리는 나비의 뒤를 따라 걸었다. 산책로를 한참 벗어난 나비는 점점 깊은 숲속으로 들어갔다. 짧은 밑동들이 삐죽 튀어나온 못처럼 솟아 있어서 조심해서 걷지 않으면 위험한 곳이었다. 나 혼자였다면 절대로 들어오지 못했을 거다.

앞서 걸어가던 나비가 사람 무릎 깊이의 배수관으로 폴짝 뛰어내렸다. 나비를 따라 밑으로 내려간 지아가 구멍 속으로 고개를 들이밀었다.

"고양이다!"

옆으로 드러누운 아폴로가 가르릉, 낮은 소리를 냈다. 지아가 살며시 손을 내밀자 아폴로가 몸을 일으키려 애쓰며 날카로운 반응을 보였다.

"어떡해."

한발 뒤에 물러서 있던 나는 두 손으로 입을 틀어막았다. 아폴로의 앞발이 축축하게 피와 고름으로 짓물러 있었기 때문이다.

"수건이나 휴지 같은 거 있어? 좀 감쌀 만한 거."

지아가 다급한 목소리로 물었다. 그러나 가방에 챙겨 온 것은 사료와 간식뿐이었다.

"이거라도 써 볼래?"

나는 머리에 꽂고 있던 파란 리본을 빼서 천과 핀을 분리했다. 리본의 폭이 붕대와 비슷한 너비였다.

"괜찮아, 아폴로. 괜찮아."

지아가 조심스럽게 아폴로의 등을 쓰다듬었다. 긴장이 풀린 듯한 아폴로가 힘없이 축 늘어졌다. 아폴로의 발을 리본으로 감은 지아가 아폴로를 점퍼로 감싸 안고 일어섰다. 우리는 곧바로 가장 가까운 동물병원으로 달려갔다.

"아이고, 고생이 많았겠네."

수의사 선생님이 안쓰럽다는 듯이 아폴로를 토닥여 주었다. 날카롭게 찢어진 앞발의 상처는 다행히 깊진 않다고 했다. 놀라운 것은 아폴로가 홀몸이 아니었다는 사실이다.

"무슨 일이 생기면 바로 연락 주세요."

우리는 아폴로를 병원에 맡기고 밖으로 나왔다. 유리문이 완전히 닫힌 것과 동시에 나는 엉엉 울음을 터트렸다. 지아가 내 손을 붙잡고 건너편에 있는 카페로 들어갔다.

한참 동안 눈물을 쏟아 낸 나는 어깨를 들썩이며 그동안 있었던 모든 일을 털어놓았다. 그날 밤의 꿈, 이우연과 고요, 그리고 정후에 대해서도.

"미치겠네."

지아가 천장을 올려다보며 중얼거렸다.

"도대체 어쩌자고 그런 거야!"

"나도 모르겠어."

"그래서 이제 어떻게 할 건데."

지아가 깊은 한숨을 내쉬며 물었다.

"솔직하게 다 털어놓을 거야. 세 사람한테."

"용서 안 해 주면?"

"용서까지는 바라지도 않아. 내가 그 애들 입장이라도 소름 끼치고 화가 날 것 같으니까. 그래도 더는 속일 수 없어. 그냥 SNS를 탈퇴해 버리고 전부 모른 척해 버릴까 생각도 했는데, 그건 아니잖아. 그건 정말 나쁜 짓이잖아."

어쩌면 상대가 나였다는 사실을 아는 것보다 그냥 내가 사라져 버리는 쪽이 더 나을지 모른다는 생각도 했다. 소중했던 순간들이 빛을 잃고 초라해져 버릴 수도 있었다.

"네 행동이 전혀 이해가 안 되는 건 아니야."

지아가 한결 차분해진 목소리로 말했다.

"그냥 단순한 호기심에서 시작된 일이었고, 일부러 그 애들을 속이려고 했던 것도 아니었잖아. 정말 어쩌다 보니 이렇게까지 된 거고. 하지만 그 애들이 널 용서해 주지 않아도 어쩔 수 없다고 생각해."

지아가 한쪽 눈썹을 살짝 찌푸리며 말했다.

"너는 분명히 잘못을 했고 어쩌면 그게 걔들한테는 상처가 될 수도 있어. 네가 아무리 그럴 의도가 아니었다고 해도 말이야. 그렇지만…… 잘 들어, 한 번만 말할 거니까."

나는 쓰라린 눈을 닦으며 지아를 바라보았다.

"나는 여전히 네가 좋아. 실수투성이에 가끔 답답할 정도로 착한 이수현이 좋아."

겨우 멈추었던 눈물이 다시금 쏟아지기 시작했다.

"착한 게 아니야. 그냥 내가 별거 없는 애라서, 그 방법밖에 없었던 것뿐이야. 상대방의 눈치를 살피고 내 몫을 덜어 주고 가끔은 비겁해지기까지 하는 거."

"사람들은 그걸 공감과 양보, 배려라고 불러."

지아가 피식 웃음을 터트리며 말했다.

"이수현, 너는 기본적으로 인간에 대한 애정을 가진 사람이
야. 나처럼 조금 삐딱하고 매사에 의심이 많은 인간은 상상도
할 수 없는 감성이라고. 그래서 사람들이 너랑 같이 있으면 마
음이 놓이고 편안해지는 거야. 너는 또 네가 만만해서라는 시
답지 않은 소리를 하고 싶겠지만, 사람은 말이야, 따스한 햇볕
을 쬐면 기분이 좋아지고 시원한 나무 그늘이 있으면 누워서
낮잠을 자고 싶어진다고. 그게 인간이야. 그 애들이 왜 너랑 친
구가 된 거 같아? 네가 그런 사람이니까. 그 애들이 네 옆에 있
고 싶었으니까."

지아가 테이블을 가볍게 탁탁 두드렸다.

"그러니까, 그 애들이 용서해 주지 않는다고 해도 너무 자책하
지 마. 누구나 한 번쯤은 실수할 수 있어. 똑같은 잘못을 반복하
지만 않으면 돼."

나는 지아를 끌어안고 더 크게 울었다. 내 등을 토닥이는 지아
의 손길이 느껴졌다.

밤하늘을 지키는 북극성처럼 내 중심축의 끝에는 언제나 지아
가 있었다. 아무리 낯설고 어두운 곳에서 길을 잃어도 지아를 찾
으면 내가 가야 할 방향을 알아낼 수 있었다. 지금도 그랬다. 나

는 용기를 내야 한다. 그로 인해 많이 아플지라도, 많은 것을 잃어버릴지라도.

▶ 아폴로를 찾았어.

메시지를 보내 놓았지만 이우연은 여전히 로그인하지 않고 있었다. 그리고 저녁에는 1학년 9반 단체방에 공지가 올라왔다. 최근에 이우연과 만난 적이 있거나 이우연에 대해서 아는 것이 있다면 담임 선생님에게 연락하라는 내용이었다.

불길한 예감이 스멀스멀 피어올랐다. 아폴로의 사진만 남겨 두고 자신의 흔적은 깨끗이 지워 버린 그 애의 SNS가 자꾸 떠올라서 겁이 났다.

월요일 새벽녘, 드디어 이우연이 내 메시지를 확인했다. 약간의 안도감을 느낀 것도 잠시, 학교에서 그 애의 소식을 들었을 때는 무엇을 어떻게 해야 할지 눈앞이 깜깜해졌다. 그 애한테 해 주고 싶은 말도, 꼭 해야만 하는 말도 아직 하지 못했는데 그 애가 훌쩍 떠나 버렸다는 사실에 왈칵 눈물이 나려고 했다.

반쯤 넋이 나간 상태로 선생님이 나눠 준 이우연의 근황에 관한 설문지 질문에 체크를 하다가 '최근의 고민'이라고 적힌 문항에 정신을 차렸다. 나는 내가 알고 있는 그 애의 모습들을 써 내려갔다.

상담실에서 돌아온 나를 보고 아이들이 수군거리자 지아가 나서서 '중학교 동창이라서 조금 알던 사이'라고 둘러대 주었다.

이우연은 말 그대로 증발해 버렸다. 사흘이 넘도록 그 애의 작은 흔적 하나 발견되지 않았다고 했다. 두 번째 폰으로 내 메시지를 읽은 것, 그것이 그 애의 유일한 생존 반응이었다. 담임 선생님은 이우연으로부터 어떤 반응이라도 있으면 즉시 알려 달라고 내게 부탁했다.

오늘 새벽에 내 메시지를 읽었으니, 아직은 그 애가 무사할 거라고 믿었다. 제발 한마디, 단 한마디라도 답을 해 준다면……. 나는 이우연의 마음을 움직일 만한 것들을 떠올려 보았다.

"고요야, 너한테 할 말이 있어."

나는 상담실에서 나온 고요의 앞을 막아섰다. 쏘아보기라도 했으면 좋았을 텐데, 고요는 어떤 반응도 보이지 않고 나를 그냥 스쳐 지나갔다. 나는 그런 고요의 뒷모습을 향해 소리쳤다.

"고요의 바다 있잖아."

걸음을 멈춘 고요가 놀란 얼굴로 나를 돌아보았다.

"잠깐이면 돼. 지금 꼭 해야 할 얘기가 있어."

나는 고요를 조용한 복도 끝까지 데리고 갔다.

"이걸 어디서부터 어떻게 설명해야 할지 모르겠는데……."

내가 좀처럼 말을 꺼내지 못하자 고요가 짧게 말했다.

"하지 마."

"어?"

"모르겠으면 하지 말라고."

나는 돌아서는 고요의 앞을 다시 한번 막아서며 말했다.

"아니야, 할래."

나는 그동안의 일들을 고요에게 털어놓았다. 마음속에서 끓어오른 말들이 흘러넘치며 목소리가 떨리는 것이 느껴졌지만 있는 힘을 다해 내 진심을 전했다.

"너를 속여서, 정말로 미안해."

나는 당연히 고요가 화를 낼 거라고 생각했다. 음악 수행평가 때처럼, 서점에서처럼, 고요가 그 어떤 모진 말을 쏟아 내도 기꺼이 받아들이겠다고 다짐했다. 그런데 아니었다. 고요는 아무런 동요도 없이 고요한 얼굴로 나를 바라보았다. 채희의 빈정거림을 못 들은 척할 때처럼, 자신의 책상 위에 쏟아진 쓰레기를 못 본 척할 때처럼.

"이 얘기를 지금 왜 하는 건데?"

고요가 서늘하게 가라앉은 목소리로 물었다.

"다 털어놓고 싶었는데, 너무 무서웠어. 정말이야. 그런데 우연이까지……."

"우연이?"

"그게, 고요 네가 연락하면 찾을 수도 있을 것 같아서."

나는 말끝을 흐리며 시선을 아래로 떨구었다.

"너도 알고 있는지 모르겠지만, 마이클 콜린스의 달 그거 우연이잖아. 아무래도 우연이가 너를 좋아……."

"야, 이수현."

순간 고요의 투명한 얼굴이 깨진 유리창처럼 일그러졌다. 경멸에 가까운 눈빛이었다.

"정신 나간 소리 그만하고 잘 들어."

주먹을 쥔 고요의 손이 부들부들 떨렸다.

"마이클 콜린스의 달이 우연이라는 건 나도 잘 알고 있어. 걔는 내 사촌 동생이니까. 그리고……."

고요의 말을 이해하기까지 약간의 시간이 필요했다.

"말했잖아. 만나지 말자고."

고요가 매섭게 쏘아붙였다.

"결국 또 이렇게 끝나 버리는구나."

뒤로 돌아선 고요가 저만치 멀어져 갔다.

나는 혼란스러웠다. 고요의 무표정한 얼굴과 싸늘한 목소리,

무엇보다 깊은 상처를 받은 그 눈빛이 내 가슴을 파고들었다. 그제야 알 것 같다는 마음과 더 모르겠다는 마음이 뒤섞여 내 어깨를 짓눌렀다. 끝내고 싶었던 것이 아니라 다시 시작하고 싶었을 뿐인데. 가슴이 터질 것처럼 괴로워졌다. 그러나 이 모든 것이 내가 감당해야 할 거짓말의 무게였다.

새빨개진 눈으로 자리에 돌아와 앉자 정후가 걱정스러운 얼굴로 나를 바라보았다.

"오늘은 리본 안 했네."

무슨 일이냐고 묻지 않고 일상적인 대화로 분위기를 바꾸는 것이 정후답다고 생각했다.

"정후야."

지금 이 순간을 놓치면 내 모든 용기가 사라질 것 같았다. 그저 멀리멀리, 보이지 않는 곳으로 도망치고 싶을 것 같았다. 그렇게 뒷걸음질을 쳐 버리면, 영영 앞으로 나아갈 수 없을 것만 같았다.

"그거 나야."

"뭐가?"

"그 계정 말이야, 종달새."

내 말뜻을 이해한 정후의 얼굴에 당혹감이 서렸다.

"처음부터 속이려고 했던 건 아니야. 그 댓글은 정말 실수였어."

정후는 한동안 아무 대답이 없었다.

"미안해. 거짓말해서."

나는 온 힘을 다해 눈물을 참아 냈다. 좀처럼 말을 잇지 못하던 정후가 작은 한숨을 내쉬며 말했다.

"이야기를 나눌수록 그런 생각이 들었었어."

"……."

"내가 아는 사람이랑 참 비슷하다는 생각."

정후가 씁쓸한 미소를 지으며 고개를 돌렸다.

"진짜로 그런 줄은 몰랐지만."

그때 수업종이 울렸고 정후는 하루 종일 단 한 번도 뒤를 돌아보지 않았다. 의식적으로 보지 않는다는 것이 느껴졌지만, 당연한 대가라고 생각했다. 나는 모두에게 상처를 입혔다. 고의가 아니었다고 해서 그 애들의 마음에 난 상처가 사라지는 것도, 옅어지는 것도 아니다. 그러니 내 마음이 아픈 것쯤은 아무것도 아니다.

나는 밤새 핸드폰을 붙들고 있었다. 이우연의 답장이 언제 올지 몰랐기 때문이다. 그러면서 생각하고 또 생각했다. 내가 미술 대회 링크를 보내지 않았다면 이우연이 사라지는 일도 없었을까. 내가 섣불리 아는 척하지 않았다면 이우연은 여전히 이곳에 있을까. 내게 이우연과 얼굴을 마주하고 이야기 나눌 기회가 남아 있을까.

새카맣던 하늘에 푸른빛이 스며든 무렵이었다.

▷ 아폴로는 잘 지내고 있어?

이우연의 메시지였다. 침대에서 벌떡 일어선 나는 생각할 겨를도 없이 그 애에게 답장을 보냈다.

▶ 너 괜찮아?

▶ 무사한 거지?

▶ 지금 어디야?

▶ 도대체 어디에 있는 거야?

메시지를 확인한 이우연에게서 아무런 답장이 없었다. 그 몇 초가 몇 시간 같았다.

▷ 나를 아는구나.

이우연의 접속 중 표시가 사라졌다. 나는 털썩 주저앉고 말았다. 그러나 여기서 포기할 수는 없었다.

▶ 내가 누군지 궁금하지 않아?

동물병원에서 찍은 아폴로의 사진도 보냈다. 그러나 아예 꺼
버렸는지, 이우연은 내 메시지를 확인하지 않았다.

"우연이한테서 메시지가 왔다고?"
다음 날 아침 일부러 우리 집 앞까지 나를 데리러 온 지아가
놀라며 물었다.
"응. 근데 내가 다 망쳐 버렸어."
아침 바람이 너무 매서워서, 눈을 깜박이기만 해도 눈물이 고
였다. 지아가 긴 한숨을 내쉬었다. 그때였다. 진동과 함께 메시
지 알림음이 울렸다. 나는 떨리는 손으로 핸드폰을 꺼내 메시지
를 확인했다.
이우연이 보낸 것은 바닷가 모래사장을 찍은 사진 한 장이었
다. 하얗게 밀려든 파도, 군데군데 박혀 있는 조개껍데기, 그리고
별처럼 반짝이는 작은 모래알.
나는 이곳이 이우연이 있는 곳이라고 확신했다. 그러나 사진으
로만 봐서는 여기가 어느 바다인지 알 수가 없었다. 사진을 가만

히 들여다보던 지아가 고개를 갸웃거리며 중얼거렸다.

"바다라면 해운대려나?"

"해운대?"

"예전에 우연이가 미술대회에서 큰 상을 받은 적이 있다고 했던 거 생각나? 그때 그린 그림이 해운대 바다였거든. 마침 그해 여름에 우리 가족이 해운대로 여행 갔었잖아. 그래서 정확하게 기억하고 있어."

"정말이야? 정말 해운대 그림이었어?"

그러자 지아가 난처한 표정을 지으며 머뭇거렸다.

"그게 있잖아, 그림은 지금도 선명하게 기억이 나는데 그걸 그린 사람이 우연이였는지는 솔직히 잘 모르겠어. 그때 유나도 상을 받았었거든. 그게 유나 그림이었던 것 같기도 하고."

"그래도 우연이일 가능성이 절반은 되는 거잖아. 맞지?"

"그건 그런데……."

지아가 말끝을 흐렸다. 나는 이우연이 보내 준 사진을 바라보며 결심했다.

"지아야, 나 여기 가 봐야겠어."

"어딜? 설마, 지금 해운대에 가겠다는 거야?"

지아가 동그래진 눈으로 나를 쳐다보았다.

"말했잖아. 우연이가 아닐 수도 있다니까."

"아니, 우연이가 맞을 거야."

"그래, 우연이가 맞다고 쳐. 그렇다고 여기가 해운대라는 보장은 없잖아!"

그건 지아의 말이 맞았다. 그러나 지금으로서는 다른 대안이 없다. 나는 또 한 번 틀린 선택이 될지라도, 이 순간 내가 할 수 있는 일을 해 보기로 마음먹었다. 이번엔 표정을 알 수 없는 세계가 아닌 그 애의 얼굴을 마주 볼 수 있는 세계에서.

"어른들한테는 네가 잘 전해 줘, 부탁할게."

"야, 이수현!"

나는 지아에게 손을 흔들며 기차역으로 향하는 버스에 올랐다. 핸드폰으로 차표를 검색하고 예매하기까지 10분도 채 걸리지 않았다. 기차역에 들어섰을 때까지도 그다지 실감이 나지 않았다. 출입문이 닫히고 열차가 출발하고 나서야 가슴이 미친 듯이 뛰기 시작했다. 나는 너무 늦지 않기를, 간절히 기도하고 또 기도했다.

부산역에 내린 나는 지하철을 한 번 갈아타고 해운대역에 도착했다. 안내 표지판이 곳곳에 세워져 있어서 바닷가까지 걸어가는 길이 어렵지는 않았다. 번쩍이는 고층 빌딩들이 거짓말처럼 한순간에 사라지더니 탁 트인 수평선이 펼쳐졌다.

바다였다. 하얗게 부서지는 겨울 바다가 눈앞에서 일렁이고 있었다. 바람이 몹시 차가웠지만, 백사장을 거닐고 있는 사람이 드문드문 눈에 띄었다. 나는 눈앞의 풍경을 찍어서 이우연에게 보냈다.

바닷가 벤치에 앉아 답장을 기다리면서 그동안 우리가 나누었던 대화들을 한마디, 한마디 다시 읽어 보았다. 이렇게 분명한 흔적이 남아 있는데도 이 모든 일이 거짓말처럼 느껴졌다. 나는 고요와 나눈 대화들도 다시 읽었다. 처음으로 되돌아간 것처럼 고요의 바다, 아폴로 11호, 마이클 콜린스, 행성과 항성 같은 것들을 검색해 보기도 했다. 그러다 마이클 콜린스에 관한 새로운 문서를 발견했다.

마이클 콜린스는 달에 착륙할 수 없다는 사실을 알았을 때, 처음에는 조금 서운하긴 했지만 이내 그런 마음이 모두 사라졌다고 했다. 마이클 콜린스에게는 달을 탐사하는 것만큼이나 중요한 임무가 있었기 때문이다. 동료의 귀환을 기다리는 것, 무사히 탐사를 마친 동료들과 함께 지구로 돌아가는 것.

시간이 얼마나 흘렀을까. 온몸의 감각이 얼어붙은 것 같았다. 메시지 알림이 울리면 죽어 있던 신경이 잠깐 되살아났다가 이우연이 아닌 걸 확인하면 다시 얼어붙기를 반복했다.

지아에게서 그만 돌아오라는 메시지가 왔을 때, 사진 한 장이 도착했다. 붉은빛이 내리기 시작한 바다, 오른쪽 끝에 걸린 흰색 건물. 나는 고개를 들어 저 멀리 보이는 건물을 바라보았다.

나는 사진 속의 시점을 찾아 백사장을 달려갔다. 모래 속으로 발이 푹푹 빠져서 좀처럼 속력이 붙지 않았지만, 있는 힘을 다해 달렸다.

그리고 발견했다. 눈을 감아도 선명한 그 옆모습을.

나는 그 자리에 풀썩 주저앉았다. 안도의 한숨과 함께 뜨거운 열기가 가슴속에서 피어올랐다. 이우연이 그런 나를 가만히 바라보았다.

한참이 지나 내 앞으로 다가온 그 애가 초록색 하늘을 내어주었던 그때처럼 나를 향해 손을 내밀었다.

"너였구나."

나는 이우연의 손을 맞잡고 자리에서 일어섰다. 그 애가 슬며시 손을 놓으려고 했지만, 나는 그 손을 꼭 붙잡았다.

"돌아가자."

"그래야겠지."

이우연이 대답했다. 그게 자신이 원하는 일은 아니라는 듯이.

"너한테 꼭 해야 할 말이 있어."

나는 이우연에게 말했다. 꿈을 꾼 적이 있었다고, 모든 것은 어느 밤으로부터 시작되었다고.

"그리고 나는 네가 궁금해졌어. 아주 많이."

멀지도 가깝지도 않은 거리에서 이우연을 바라보았던 날들이 하얀 파도처럼 밀려왔다. 나는 이우연에게서 내 모습을 발견하기도 하고 나와는 너무나도 다른 한 사람을 발견하기도 했다. 분명 함께였지만, 나 혼자이기도 했던 순간들.

"나한테 미안해하지 않아도 돼. 어쨌든 너한테 먼저 말을 건 사람은 나였으니까."

가만히 내 이야기를 듣고 있던 이우연이 잡힌 손을 슬며시 빼내며 말했다.

"하지만 고요는 어떨지 모르겠어."

이우연이 먼바다를 바라보았다.

"사람들은 달을 올려다본다고만 생각하지, 달이 지구를 보고 있다는 생각은 전혀 하지 못하는 것 같아. 단 한 순간도 놓치지 않고 지구를 바라보고 있는 것은 달인데 말이야."

나는 보이지 않는 달을 찾아 잠시 하늘을 헤아려 보았다.

"언제나 신경을 바짝 곤두세우고 있으니까, 고요는 버티는 걸 힘들어해. 지구력이 부족하다는 것이 그 애의 유일한 단점일 거야."

이우연의 눈이 다시 나를 향했다.

"그리고 이수현 넌 슈퍼맨은 아닐지 몰라도, 엄청난 지구력을 가진 지구인이야. 여기까지 온 것만 봐도 그래."

이우연이 피식 웃으며 덧붙였다.

"나에 대해서 잘 알지도 못하면서."

"모르니까, 잘 모르니까 온 거야. 나는 널 알고 싶으니까."

나는 안경 너머로 그 애의 눈동자를 마주 보았다. 그러나 이내 고개를 떨구고 말았다.

"너한테 주제넘은 짓을 해 버렸어."

나는 무단착륙을 했던 거다. 그 애의 허락도 없이.

"너 때문이 아니야. 오래전부터 생각했던 거야."

이우연이 고개를 저으며 은색 핸드폰을 주머니에 넣었다.

"아주 먼 곳의 바다가 보고 싶었어."

나는 빨갛게 언 그 애의 오른손을 바라보았다.

"마이클 콜린스처럼?"

어쩌면 이우연은 모든 교신을 잠시 끊은 채 오롯이 혼자가 되고 싶었는지도 모르겠다. 고요한 우주에서 홀로 달의 바다를 바라본 그 지구인처럼.

"응."

이우연이 담담한 목소리로 대답했다.

"그거 알아?"

나는 수평선을 바라보며 물었다.

"우리가 태어나던 해에 명왕성은 행성의 지위를 잃어버렸대."

태양계의 아홉 번째 행성이었던 명왕성은 달보다도 크기가 작다는 이유로, 궤도의 모양이 다른 별들과 다르다는 이유로 행성이라는 이름을 빼앗겼다.

"조건을 충족시키지 못했으니까."

이우연이 어쩔 수 없는 일이었다는 듯이 말했다.

"나는 안타까웠어. 할 수만 있다면 기준을 바꿔서라도 행성이라는 이름을 다시 붙여 주고 싶었어. 그땐 미처 몰랐거든. 우리가 어떤 이름으로 부르든 명왕성이 별이라는 사실은 변하지 않는다는 걸. 꼭 행성이 될 필요는 없는 거야."

명왕성은 지금도 여전히 태양을 공전하며 움직이고 있다. 궤도의 모양을 수정할 필요도, 속도를 높일 필요도 없다. 나는 이우연의 눈을 똑바로 바라보고 말했다.

"그러니까, 돌아가자. 우연아."

그때, 새로운 메시지 하나가 도착했다. 나는 핸드폰 화면을 이우연에게 내밀며 소리쳤다.

"아폴로가 새끼를 낳았대. 다섯 마리 모두 건강하대!"

"다행이다."

이우연이 옅은 미소를 지으며 말했다. 그러고는 그대로 돌아서서 모래 위를 걷기 시작했다.

쉴 새 없이 울리는 핸드폰의 전원을 끄고, 나는 그 애의 뒷모습을 가만히 바라보았다. 그리고 기다렸다. 혼자만의 탐사를 하고 있는 그 애의 무사 귀환을.

수평선 너머로 노을이 지고 있었다.
끝없이 펼쳐진 바다는 황금빛으로 반짝였고,
나는 한 발짝 뒤에서 그 애의 등을 보며 걷고 있었다.
하얗게 밀려든 파도가 내 발등 위로 부서졌다.
꾹 참고 있던 눈물이 쏟아졌다.
걸음을 멈춘 그 애가 뒤를 돌아보았다.

바다를 머금은 하얀 모래알들이 별처럼 반짝였다.